| 선충원 단편선집 |

수달피 모자를 쓴 친구

이권홍 역

어문학사

■ 소년 선충원의 모습

■ 중년의 선충원

■■■ 노년의 선총원

■■■ 만년의 선총원

배를 끄는 사람들

과거와 현재의 푸스

샹시 선박

동문 다리

■■■ 펑황 조각루

■■■ 펑황

샹즈안

위안링

조각루

들어가는 글

"중국을 대표하는 작가는 루쉰과 선총원밖에 없다!"

문예이론가 주광첸(朱光潛)의 평가다. 이 말처럼 1980년부터 서양 연구가들을 중심으로 중국을 대표하는 작가로 추천 받아 노벨문학상 후보로 오르기도 했고, 중국 현대 문학사에서 자신만의 독특한 풍격을 지녀 상이한 평가를 받기도 하는 작가가 선총원이다.

선총원(沈從文 1902~1988)은 스스로 '시골 사람'이라 불렀다. 고향 샹시(湘西)의 먀오(苗)족들의 터전, 펑황(鳳凰)을 20세에 뒤로하고 베이징(北京), 상하이(上海), 톈진

(天津), 칭다오(青島), 쿤밍(昆明)으로 '생명'의 활로를 찾아 나서면서 중국 현대문단에 등장했다. 3·40년대에 '다산작가'라 불릴 만큼 많은 창작을 하면서 중국 문학계의 중심에 서 있다가 50년대부터는 역사문물 연구에 몰입하였고 7·80년대에 이르러 세계에 그 이름을 각인시킨 중국 현대 문학계, 문화계의 거목이다.

선총원은 노벨문학상 후보에 두 번이나 올랐다.

중국인으로는 최초로 가오싱젠(高行健)이 노벨문학상을 받은(2000년) 뒤부터 중국에서 끊임없이 전해 오는 뜬소문이 있다. 중국 출신의 중견 작가가 노벨문학상을 거의 받을 뻔했다는 것이다. 이에 대해 노벨문학상 심사위원인 고란 말름크비스트(Göran Malmqvist)는 "루쉰(魯迅)과 라오서(老舍), 바진(巴金) 등이 후보에 올랐다는 것은 근거가 없다."고 일축하면서도 "선총원은 1987년과 1988년에 노벨문학상 최종 심사에 올랐었으며, 만일 1988년에 세상을 뜨지 않았다면 그해의 노벨문학상 수상자가 됐을 것"이라고 인정했다.

아름다움은 늘 사람들을 수심에 잠기게 한다.

선총원은 아름다움을 문자로 엮어내는 일을 평생의 업으로 삼았다. 자연풍경이나 삶의 애락, 대천세계와 인간사, 역사문물에서 아름다움을 느꼈고 아름다움을 찾으려 노력했으며 그 아름다움을 표현하였고 아름다움 속에 살다 갔다.

선총원을 '향토작가', '경파(京派)작가', '문체작가'로도 부르는데, 이는 자신만의 문학세계를 구축했던 그를 표현하기에 모자람이 없다.

선총원은 일생 80여 편의 문집을 출판한다. 초기 소설집으로 『蜜柑』, 『雨后及其他』, 『神巫之爱』 등이 있고, 『龙朱』, 『旅店及其他』, 『石子船』, 『虎雏』, 『阿黑小史』, 『月下小景』, 『八骏图』, 『如蕤集』, 『从文小说习作选』, 『新与旧』, 『主妇集』, 『春灯集』, 『黑凤集』 등과, 중장편인 『阿丽思中国游记』, 산문집인 『从文自传』, 『记丁玲』, 『湘西散记』, 『湘西』, 그리고 문예비평서인 『废邮存底』와 속집(續集), 『烛虚』, 『云南看云集』 등이 있다.

선총원은 한평생 '고독' 속에서 살았던 인물이다. 사람을 좋아하고 많은 제자들을 길러 내며 중국 현대 청년 작가들의 앞길을 열고 모든 이들과 더불어 이야기 나누기를 좋아했지만 마음만은 늘 적막 속에서 살다 갔다. 그는 스스로 고독한 '외톨이'였음을 자주 토로했다. 자신이 인정했던 고독감은 '우연'과 '필연'이 교차하며 엮어간 역사와 자신만의 인생 역정에서 비롯됐다고 해야 할 것이다.

선총원의 본명은 선웨환(沈岳煥)이다. 1924년 12월 「아직 부치지 못한 편지—封未曾付郵的信」를 발표하면서 등단하고, 그때부터 이삼일 간격으로 『신보부간晨報副刊』에 작품을 발표한다. 1927년까지는 원시 생명력이 넘치는 샹시 지역의 생활상과 힘을 잃은 도시생활의 부패한 모습을 담담하게 그려냈다. 이 시기는 대체로 처량하고 우울한 정서에 빠져 있는 작품들이 대부분이다. 이는 작가가 도시에서 살기 시작하면서 겪은 여러 사건과 내적 감상을 주로 작품화하였기 때문이다.

1928년 후반기부터 선총원의 작품은 양적, 질적으로 성숙해 간다. 인물의 비극적인 운명을 역사의 광활한 환경 속에서 고찰하기도 하고, 인생에 대한 작가의 깊은 이해가 반영되면서 작품들은 폭이 넓어진다.

1931년 칭다오대학교(靑島大學校)에서 생활하던 시기는 선총원 문학의 전환기다. 스스로 '고독'이라 명명한 삶 속에서 인생에 대한 사고와 분석을 통해 나름대로의 인생관을 확립하는 한편, 자신만의 작가론, 작품론을 형성해 간다. 그리고 비평을 통해 자신의 창작에 대해 반성하고 예술에 대한 견해를 확립함으로써 창작의 성숙기를 맞이한다. 초기 자신의 경험이나 묘향(苗鄕)의 정경을 서술하는 창작에서 벗어나 도시 사람과 농촌의 인생을 심도 있게 표현해 낸다. 이 시기에 그의 대표작이라 평가받는 『변성边城』과 『장하长河』를 발표한다.

중일전쟁(1937년)이 시작되면서 7년여의 '가장 힘든 나날 중의 하나'였던 쿤밍에서의 여정을 전쟁 종료와 함께 마무리 짓고 베이징대학교(北京大學校)의 교수로 부임하면서 창작과 편집 활동을 하며 후진 양성에 힘쓴다. 그러다가 자의 반 타의 반 '절필(絶筆)'해야만 하는 역사의 풍랑 속으로 휩쓸린다. 공산정권 수립(1949년) 직전, 진보적인 인사들과 학생들의 권고를 받아들여 베이징에 남기로 결심했지만, 자본주의 작가로 낙인 찍혀 '기녀작가'로 매도되고, '의식이 낙오된' 창작을 했다는 명목으로 정치적 탄압을 받으면서 문학 창작을 포기한다.

1951년 역사박물관으로 옮겨 중국 전통문화유물과 고대 복식을 연구하는 데 전념하면서 자신만의 길을 간다. 그 결정판이 저우언라이(周恩來)가 외국 인사들과 만날 때면 선물로 건넸던 『중국고대복식연구中国古代服饰研究』다.

1978년 복권된 후 1988년 베이징에서 일생을 마칠 때까지 역사연구원으로 일하기도 하고, 제4차 문인대표자대회에서 작가 신분이 회복되기도 하지만 끝내 문학 창작의 길로 되돌아오지 않았다.

선총원에 대한 평가는 중국의 정치와 불가분 관계에 있다. 좌우익이 대립하는 정치적, 사회적 공간에서 문학이 정치와 상업에 종속되는 것에 반대한 선총원의 태도 때문이다. 1979년 이전까지 '반동작가'로 분류된 선총원은 중국현대문학사에서 그 이름이 거의 거론되지 않는다. 1978년에 '사상해방'을 계기로 서서히 복권되기는 했지만, 그의 작품을 평가하는 잣대는 '현실주의'였을 뿐이었다. 1990년 이후 '선총원 열풍'이 불고

난 뒤에야 비로소 제대로 된 평가가 이루어지고 있다.

선총원은 자신이 살았던 시기의 여러 부조리한 중국의 현실을 치유하기 위해서는 '시골 사람'들이 가지고 있는, 특히 고향인 샹시의 생명력이 충만한 '인성'에 주목하였다. 흔히 낙후되고 비속하며 털어 버려야 할 것으로 인식되었던 시골의 인성이야말로 현대의 타락한 물질문명 세계를 구원하여, 건강하고 아름다운 생명력을 지닌 삶을 영위하게 하는 근원으로 파악한 것이다. 그래서 인성은 낭만적인 정서와 맞물려 다양한 문체를 통해 서정성을 갖춘 세계로 선총원에 의해 재탄생한다. 이런 독특한 문학세계는 선총원을 다른 작가들과 확연히 구별되게 하고 정치적 이데올로기를 벗어날 수 없었던 중국 문학사에 다양성의 토대를 마련해 줬다.

핏빛으로 물든 현대 중국의 와류에서 자신만의 독특한 문학세계를 이룬 이가 바로 선총원이다.

不折不從, 星斗其文;

꺾이지도 쫓지도 않으니 그 문장은 북두요;

亦慈亦讓, 赤子其人.

사랑하고 겸손하니 그 사람됨은 아이라.

〈선충원 비문 : 張充和〉

『샹시행 잡기』

이『수달피 모자를 쓴 친구 : 선충원 단편선집』은『샹시행 잡기湘西散记』를 옮긴 것이다.

샹시란 마오쩌둥(毛澤東)의 고향 후난(湖南) 성의 약칭인 '샹(湘)'의 서쪽을 이르는 지명이다. 중국의 최대 상업도시 상하이에서 출발하여 우리가 흔히 양쯔 강이라 부르는 창장(長江)을 따라가다 보면 V자 형태로 꺾이는 지역이 나오는데, 바로 중국 개혁 개방을 이끈 덩샤오핑(鄧小平)의 고향이자 삼국지 촉 나라의 본거지였던 쓰촨(四川) 분지다.

쓰촨을 가기 전 중국 제2의 담수호인 둥팅(洞庭) 호가 있다. 이 호수를 중심으로 위쪽은 후베이(湖北), 아래쪽이 후난으로 연안에는 창더(常德), 이양(益陽), 창사(長沙), 웨양(岳陽) 등의 도시가 있다. 남부 광둥(廣東) 쪽에서 창사를 거쳐 둥팅 호로 흐르는 강이 샹장(湘江)이다. 이 샹장의 서쪽이 샹시인 셈이다.

그곳은 천 년을 이어오면서 자신들만의 독특한 문화를 꽃피운 소수민족 먀오(苗)족과 투자(土家)족의 삶의 터전이다. 구이저우(貴州) 성 동부에서 발원하여 후난 성을 흐르는 강이 위안장(沅江)으로 후난의 서쪽 끄트머리에 먀오족의 중심이며 세계문화유산인 펑황(鳳凰) 고성이 자리를 잡고 있다. 이곳에서 중국 현대문학사상 걸출한 문인 선충원이 태어났다.

먀오족과 한족의 혼혈이며 할머니는 투자족으로, 소수민족의 피가 흐르는 선충원은 전기적인 인물이다. 초등교육도 제대로 받지 않고 야만의 땅이라 외면받던 묘향(苗鄕)에서 보충병으로 군대생활을 하며 중국 서부지역을 전전하다 붓으로 세상을 변화시키겠다는 희망을 품고 스무 살에 혈혈단신 베이징으로 삶의 터를 바꾸고, 온 힘을 다해 창작에 매진했던 특이한 전력을 가진 작가이기 때문이다.

선충원은 3, 40대에 '다산작가'라 불릴 만큼 많은 창작 활동을 하면서 일생 80여 권의 문집을 편찬한다. 중국 현대 작가 중 작품이 가장 많은 작가에 속하는데, 그중 『샹시행 잡기』의 창작 동기가 특이하다.

묘향에서 대도시로 삶의 터전을 옮긴 지 12년째인 1934년 초, 돌연 고향 펑황으로 돌아간다. 고향을 떠

나온 후 처음이었다. 모친의 병환이 위급하여 마지막
이 될지도 모를 병문안을 하기 위해서다. 혼자서 고향
으로 돌아가면서 도시에 남은 부인[장쟈오허; 張兆和]에
게 샹시의 변화한 면모를 편지로 알려주겠다고 약속을
한다. 그때 쓴 편지글을 모아놓은 게 『샹시 서간』이며,
그 내용을 정리하여 각각 11편의 항목으로 발표를 하
고 다시 수정 편집해 1936년에 출판한 것이 『샹시행 잡
기』다.

　위안장을 타고 거슬러 오르면서 본 풍광, 인정, 느
낌을 동양화의 백묘(白描) 기법으로 아련하게 우리에게
펼쳐 놓는다. 그러면서 작가의 복잡한 심정을 토로한
다. 현대문명으로 이미 '몰락'한 샹시가 변하기를 바라
면서도, 변질되어 버렸다고 판단한 대도시 물질문명 속
의 생활에서 얻은 경험으로 '자연'과 '인성'의 근원으
로 돌아가 고향의 독특한 품성이 보존되기를 희망하는
복잡한 심경을 노출한다. 선총원에게 '시골'의 '인성'
은 건강하고 아름다우면서 생명력을 갖춘, 삶을 영위하
게 하는 근원이었다. 이런 선총원의 본원이 『샹시행 잡
기』 속에 고스란히 담겨 있다.

그럼 선총원은 어떤 태도로 이 글을 썼는가?

"나는 그저 내 생명이 걸었던 흔적을 종이 위에 써
내고 싶을 따름이다."

我却只想把自己生命所走过的痕迹写到纸上.

「致唯刚先生」

그렇다. 선총원은 자신의 이야기를 썼다. 자신이 경
험했던 이야기를 그려냈다. 더하지도 빼지도 않고, 자
신이 겪은 샹시와 그곳에 사는 사람들, 그리고 자신을.
바로 이 책이 선총원이 '걸었던 흔적'이다.

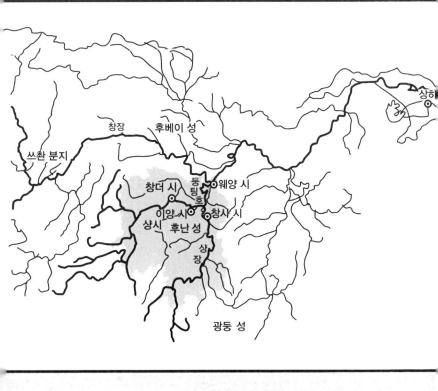

창장(長江) 유역도

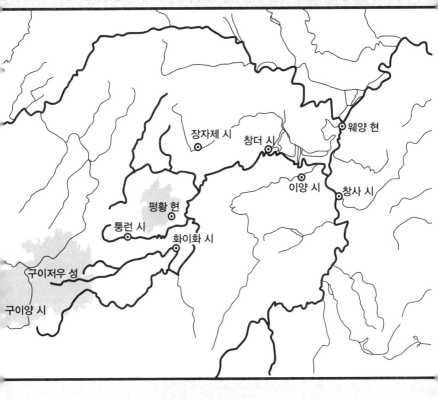

위안장 (沅江) 유역도

〈일러두기〉

* 책의 각주는 내용의 이해도를 높이기 위한 역자의 설명이다.
* 중국에서 출간한 책 제목은 간체자를 사용하였고, 그 외의 모
  든 한자는 번체자로 통일하였다.

차례

수달피 모자를 쓴 친구

나는 우링(武陵, 창데[常德]의 옛 이름)에서 타오위안(桃源)으로 갈 때 신식 노란색 버스를 타고 갔다. 버스는 평탄한 강둑을 따라 뻗어 있는 도로를 질주했다. 내 옆에는 인정이 넘치고 풍류가 있는 오랜 친구가 의젓하게 앉아 있다. 친구는 특별히 나를 타오위안 현으로 데려가는 중이다.

굳이 말하면, 친구는 '어부'라고 볼 수 있다. 머리에

48원이나 나가는 수달피 모자를 쓰고 있기 때문이다. 수달피 모자를 쓰고 길을 가노라면 젊은 아녀자들의 눈길을 끌었다. 친구는 우링 지역 중심에 있는 춘신군* 묘 옆에 자리 잡은 쟈윈(杰雲) 여관 주인이다. 창더, 허후(河洑), 저우시(周溪), 타오위안 강을 따라 근 백 리 내의 '똑똑하고 재능이 있고 어딜 가도 살아갈 수 있는' 참하다 싶은 아녀자들을 친구는 꿰뚫고 있었다. 아녀자들도 수달피 모자를 쓴 친구를 잘 알고 있었다.

그러나 친구의 말에 따르면 잘못된 길에 들어섰던 것은 이미 지난날의 일이고 지금은 어떤 것에도 마음이 흔들리지 않는다고 했다. 이제는 얼굴이 하얗고 눈썹이 긴 여자들도 자기 가슴을 설레게 하지 못한다고도 했다. 수달피 모자에 아녀자들이 관심을 가질 필요도 없다고 했다.

친구는 올해 서른다섯 살밖에 되지 않았다. 10년 전만 해도 이 지역 일대에서 방탕할 기회가 있기만 하면 그는 그것을 놓친 적이 없었다. 지금은 정직하고 반듯

---

* 춘신군(春申君 : ? ~BC238) : 본명은 황헐(黃歇), 한족으로 장사(江夏) 사람으로 초나라 대신이다.

하게 여관 주인 노릇을 하고 있다. 치기 어린 행동은 왕년의 일이고 지금은 방종한 짓을 하지 않았다. 이 친구는 스물다섯 살을 전후해서 40명 남짓한 여인들의 순결한 앞가슴을 한 번씩은 다 품었었다. 그런 친구 옆에 앉아서 중국의 중고등학생들이 국어 시간에 도연명의 『도화원기桃花源記』를 열심히 공부하는 상황을 떠올리니 저절로 웃음이 배어 나왔다. 그런 친구와 같이 차를 타고 타오위안으로 가는 상황이 무척이나 유머러스하다는 생각을 했다.

친구는 서화(書畫)에 흥미를 가지고 있고 상스러운 말을 즐겨 했다. 버스 안에서 평평한 제방 너머 아스라한 풍경들이 보였다. 옅게 낀 안갯속에 늘어선 밭들의 엇갈린 배열이 제법 정취가 있다. 집들과 나무들 모두 남빛으로 뒤덮여 있다. 경치가 아름다워 마음이 후련하고 즐겁다. 제방 위를 달리는 차량도 흔들리지 않아 편안하다.

친구 입에서 아취(雅趣)와 속취(俗趣)가 뒤섞인 감탄사가 튀어나왔다.

"이런 개 같은 경치, 그야말로 그림이군!"

"당연히 그림이지! 그런데 누가 그린 그림이지?"

내가 다시 물었다.

"수소* 같은 형님아. 누가 그린 그림이라 생각해?"

내가 따져 물은 것은 중국 서화에 대한 친구의 지식을 가늠해 보고 싶었기 때문이다.

친구가 웃었다.

"심석전(沈石田)** 우라질 놈, 강도 모양 대담한 필체로구먼!"

말을 하면서 손짓으로 흉내를 냈다.

"여기 한 획, 저기 한 획, 다시 느릿느릿 열 번, 됐어."

나는 그의 칭찬에 동의할 수 없었다. 친구 집에 이름이 진(眞)인 심주(沈周; 심석전)의 족자를 소장하고 있기는 하지만 붓놀림이 능란하지 않은 것으로 보아 출처가 의심스러웠기 때문이다. 솔직하게 말해서 지금 눈앞에

---

* 여기서는 수소라 하였지만, '牯子(고자)'는 '불깐 소'라는 뜻이다. 일반 소를 가리키는 말로도 쓰나 여기서는 불깐 수소라 불렀다. 친한 친구라 친숙한 의미를 담고 있고 지난날 뭇 여인을 사랑했지만, 지금은 흥미를 잃어버린 사람이란 의미가 내포돼 있다.

** 심석전(沈石田 : 1427-1509년) : 이름은 주(周)이고 자는 계남(啓南), 호는 석전(石田), 백석옹(白石翁), 옥전생(玉田生)이다. 장쑤(江蘇) 쑤저우(蘇州) 사람이다. 평생 과거를 보지 않고 시문, 서화에 전념했다. 명(明)대 중기 문인화 오파(吳派)의 창시자다.

펼쳐진 광경은 자유스럽고 얽매이지 않으면서 수려하고 웅장하며 막힘이 없는 광활한 기개가 엿보인다. 다른 비유를 찾아봐야만 격에 맞다 할 것이다. 내가 침묵하는 뜻을 알아차렸는지 친구가 말했다.

"봐봐. 수소 동생. 여기 산봉우리, 저기 나무. 저 수풀의 끝 부분, 요 옅은 안개. 정말 왕녹태(王麓台)* 그 개놈만이 그려낼 수 있는 게야. 자신이 팔구십 살까지 살았으니 정말 늙은 개지, 뭐."

이번에는 '추측'이 딱 들어맞았다. 내가 말했다.

"이번에는 네가 맞췄어. 나도 눈앞에 펼쳐진 풍물이 정말 왕녹태의 서화와 닮았다고 생각하고 있었거든. 네가 그의 부채 그림을 가지고 있으니 알아맞힌 거지. 수려함과 침울함을 교묘하게 섞었거든. 아주 우아하고 평안하면서도 고요하고 꾸미지를 않았지. 그런데 어떨 때는 깔끔하지 못해 억지스러운 것도 있고."

"대단해. 역시 문장의 달인다운 형용이로군! 사람이 늙었으니 손발을 씻기가 어려울 거라고. 그럼 당연

---

* 왕녹태(王麓台 : 1642-1715년) : 이름은 원기(原祁)이고 중국 청(淸)대 화가다. 자는 무경(茂京), 호는 녹태(麓台), 석사도인(石師道人)이다. 장쑤(江蘇) 타이창(太倉) 사람으로 산수화에 능했다고 평가 받는다.

히 깔끔하지 못할 수밖에. 안 그래?"

연이어 그는 나를 수소라 부르며 저속한 말들을 쏟아 내면서 자신의 수달피 모자 위로 말아 올렸던 귀마개를 끌어내려 추위에 빨갛게 언 귀를 씌우고는 큰 소리로 웃기 시작했다. 본래 처음에 한 말은 내 주의를 창밖 경치로 이끌어내기 위한 것이었는데 지금은 작가라는 내 직업을 지적한 것이다. 직업적인 안목으로 흥미롭게 창밖의 색다른 풍경을 보고 있으니 그가 기뻐 웃었던 것이다.

친구는 내 어깨를 끌어당겨 맹렬하게 흔들었다. 그것은 친구가 가장 기쁠 때 흔히 하는 동작이다. 내가 말했다.

"수소 형님아. 너 왜 그림을 배우지 않아? 네가 배우기만 하면 특출할 게 분명한데."

"됐어. 수소 친구야, 쪽팔리게 하지 마. 나도 구십주(仇十洲)*처럼 되고 싶지만 여인네의 뱃가죽을 그릴 수 있을 뿐이야. 네가 말한 그대로 '특출'한 거지! 너 설마

---

* 구십주(仇十洲 : ?~1552년) : 이름은 영(英)이고 자는 실부(實父), 호는 십주(十洲), 십주선사(十洲仙史)다. 장쑤(江蘇) 타이창(太倉) 사람이다. 인물화를 잘 그렸고 역사 제재의 묘사를 중시했다. 필력이 강건하고 임모를 잘했다는 평가를 받는다.

내가 어떤 놈인지 모른다는 건 아니겠지? 코에 회칠한다고 해서 샌님이 될 수 있냐?"

"넌 묘하게 능력 있어. 아주 묘(妙)한 놈이야."

"샌님아. 됐어. 무슨 묘(廟), 절간에 있는 사람. 누가 내 ××를 깠다고. 내가 많은 남자들의 ××를 까려고 준비하고 있는데. 허세를 부리지 못하게 할 거라고. 아녀자들 앞에 실체를 까발릴 거야. 난 그놈들 거드름 피우는 게 얄미워!"

"그렇게 얄미울 것까지는."

"수소 친구야. 너 같은 샌님들은 말을 너무 많이 쏟아낸다고. 너를 생각하지 않는다면 난 분명……."

내 친구는 경솔한 듯 조악한 가운데 섬세한 면이 있고 매력적인 면도 있다. 정말 묘한 녀석이다!

친구의 얼굴은 흉터나 얽은 자국 하나 없이 말끔하다. 키도 보통사람들보다 크고 어깨도 널찍하며 크고 청결한 손을 가지고 있다. 얼핏 봐도 군대에서 사병으로 지내면서 곳곳을 돌아다닌 사람임을 알 수 있다. 그러나 그는 신사라고 할 수 있다.

다섯 살부터 사람들과 자주 싸움을 벌였다. 조그마한 일에도 상대가 자신보다 아무리 나이가 많아도 욕지거리를 하고 주먹을 휘두르며 맞붙었다. 상대의 코가 시퍼렇게 되고 얼굴이 부을 정도로 흠씬 두들기거나 자신의 만면에 피범벅이 되도록 얻어터지거나 했다.

그러나 스무 살이 지나면서 남자들 앞에서는 주먹을 휘두르며 무예를 겨루기는 했지만 여자들 앞에서는 유별날 정도로 부드럽고 상냥하게 굴었다. 그러나 철들면서 세상 물정을 알게 되었고 시비가 생기는 것을 싫어했다. 서른 살이 돼서는 겸손하고 온화롭고 사람들과 사귀며 살아갔다. 배운 것은 많지 않았지만 아는 것을 잘 활용할 줄 알았다. 기적에 가깝다 할 정도였다. 서신을 쓰거나 공무를 볼 때 문장과 필체가 나무랄 데 없었다. 스승도 없이 혼자 터득한 것이다. 사람 됨됨이가 부드러워 남과 사이좋게 지내며 건성으로 일을 하는 경우가 없었다. 믿을 만한 친구다 싶으면 심장까지 꺼내 보여 주는 일은 다반사였다. 하지만 자신을 이용하려고 하는 사람들에게는 완전히 달랐다.

그에 대한 주위 사람의 평가는 상반되었다. 그를 호걸이라 부르는 사람이 있는가 하면 나쁜 놈이라고 하는 사람도 있었다. 그러나 상관없다. 두 가지 성격, 두 가지 인격이 어우러져야 그는 진정 생기가 넘치는 사람이 될 것이기에!

13년 전 나는 이 친구와 군복을 실은 배를 타고 위안수이(沅水)를 거슬러 올라간 적이 있다. 당일 창더를 출발히여 저우시에 정박힐 때는 이미 날이 저물어 있었다. 눈발이 휘날렸다. 얼마나 추웠는지 뱃전이 온통 얼음으로 덮여 있었다.

그 당시 친구에게는 마음에 두고 있는 여자가 있었다. 눈썹이 길고 얼굴이 하얀 여자였다. 그녀를 만나기 위해 새로 산 진홍색 비단에 스라소니 가죽 마고자를 입고 얼음과 눈으로 얼어붙은 뗏목 위를 천천히 기어가다 아차 하는 사이 물에 빠졌다. "수소 친구야, 나 죽는다." 소리를 지르고 웃으며 발버둥을 쳤다. 허우적허우적 어렵사리 배에 올랐을 때는 온몸이 얼음물로 뒤범벅된 후였다. 나중에 친구는 면 군복 외투로 갈아입은 후 별일 없었다는 듯 기뻐 날뛰었다. 그리고는 뗏목을 이용해 기슭으로 올라가 그렇게 고대하던 여자를 찾아갔다.

3년 전 내가 또 다른 한 친구의 홀로 남겨진 어린 아들을 데리고 샹시(湘西)로 갈 때 수달피 모자를 쓴 친구의 여관에 머물면서 그가 보관하고 있던 서화를 하루 종일 구경한 적이 있었다. 그때 그는 엄청 빼어난 문징명(文徵明)*의 그림을 가지고 있었는데 애석하게도 창녀의 포주가 가로채 가 버렸다고 했다. 나중에 다시 물으니 원래 300원이나 주고 산 그림이었는데 창녀와 하룻밤 촛불 켜는 값으로 줘 버렸다는 것이었다.

오늘도 마중 나온 사람에게 여행 가방을 친구의 여관으로 옮기도록 했다.

친구의 얼굴을 보자마자 바로 외쳤다.

"수소 친구. 나 또 왔어. 날 잊어버린 것은 아니지."

그는 마침 여관 마당에서 일꾼들에게 유리 청소를 시키고 있었다. 자신은 두껍고 솜털이 가득한 수달피 모자를 닦다가 나를 보고는 달려와 양손으로 내 손을 잡았다. 손이 쑤시고 아플 정도로 꽉 잡고는 큰 소리로 말했다.

---

* 문징명(文徵明 : 1470~1552년) : 장쑤(江蘇) 쑤저우(蘇州) 우(吳)현 사람이다. 명대 중엽 화가, 서예가다. 호는 형산거사(衡山居士)로 문형산(文衡山)이라 하기도 한다. 오문화파(吳門畫派) 창시인 중 한 명이다.

"하. 하하. 이 헤픈 수소. 또 왔구먼. 무슨 바람이 불어서 왔노? 정말 묘해. 마침 네가 보고 싶었었는데."

"뭔 말이고? 요즘 그리 시간이 많다는 건가. 베이징에 있는 친구가 생각날 정도로 한가하단 말이야?"

"말은 무슨 말, 타는 말이지. …… 당장 하늘에 맹세해. 하늘이 안다고. 나 정말로 네가 보고 싶었다고!"

그 말은 진심이었다. 군대 밥을 같이 먹은 사람은 친한 친구에게 거짓말하는 것을 죄악이라 여기기에 그렇다. 그가 내 생각을 한 것은 때마침 40원을 주고 예원로(倪元璐)*가 모사한 제갈량의 전후출사표를 샀기 때문이었다. 친구는 그 글이 악비(岳飛)가 출사표를 석각한 것임을 모르고 있었다. 또 말미에 찍힌 손바닥만 한 크기의 인장이 그를 더욱 혼란스럽게 했다. 문외한이 보면 필체가 '춤추듯이 공중에 흩날리는' 달필이라 400원을 줘도 아깝지 않다 느낄 것이었다. 친구는 그 글씨가 얼마만 한 가치가 있으며 출처가 어디인지 모르고 있었다. 쓰촨 주둔군 퇴역 장교에게서 큰돈을 주고

---

* 예원로(倪元璐 : 1593~1644년) : 명말 서예가다. 자는 여옥(汝玉)인데 옥여(玉汝)라 하기도 한다. 호는 홍보(鴻寶), 저장(浙江) 상위(上虞)사람이다. 서화에 능했다.

산 까닭에 여러 가지를 알고 싶어 내가 생각났던 것이었다. 우리는 10년 전의 추억을 이야기하면서 그의 방에서 보물을 감상했다.

친구는 젊은 시절 녹영*의 표준 방위부대 지위의 변경 경비군이었다. 사령부와 군영에 파견되어 업무를 본 적이 있는데 화원에서 화초를 키우고 금붕어를 길렀다. 나중에 군영의 서무를 보기도 했고 두 번이나 군수를 담당하기도 하고 참모를 지내기도 했다. 세월은 영웅을 사라지게도 하고 어리석은 사람이나 나쁜 짓을 일삼던 사람들을 부자로 만들기도 하고 대범한 인물로 만들기도 한다.

고향 우링 현에서 내 친구는 유유히 흐르는 세월 속에서 가장 한적하고 정갈한 여관 주인이 되었다. 그리고 서예 골동품을 애호하는 '풍아'한 사람이 됐다. 방대한 서화를 수집하였을 뿐만 아니라 청동기와 도자기를 사들였다. 소장한 물건이 한둘이 아니다. 너무 잡다하여 희한하기까지 하다. 조그마한 변방 지역의 경제

---

* 녹영(綠營) : 청대 병제 중 하나다. 한인으로 편성하여 지방에 주둔한 녹기(綠旗)의 군영이다.

상황을 고려해 보면 그의 능력은 경탄할 정도다.

만약 풍류를 아는 사람이 있어 북방이나 푸젠(福建), 광둥(廣東)에서 타오위안을 가면서 우링을 경유하게 되거들랑 아무 걱정하지 말고 편하게 그 여관에 머물러 보시라. 홀에 걸려 있는 기러기와 갈대 족자와 긴 탁자 위에 배치된 진열품들을 볼 수 있을 것이요, 주인과 손님 사이에 같은 취미가 있음을 알게 될 것이다. 그러면 내 말에 동의할 것이다.

그리고 샹시 방면으로 거슬러 올라가며 쓰촨과 구이저우의 방언이나 민요를 현지 조사하는 연구자들이 있어 우링에 이르걸랑 친구의 여관에 투숙해 보시라. 나는 내 친구보다 중국 격언과 속담의 쓰임새를 잘 아는 사람을 본 적이 없다. 친구가 내뱉는 말은 어느 하나 살아 숨 쉬지 않는 것이 없다. 조악한 말과 야한 말들이 섞여 있지만 출처가 없는 것이 없고 한 마디 한 마디가 다 조리에 닿는다. 그야말로 운치가 백출하고 유머와 진지함이 섞여 있다. 그가 말하는 비유의 풍부함은 창장의 흐르는 물처럼 실로 끊이지 않고 계속된다.

나는 그의 여관에 머물며 그가 일손들을 호되게 꾸

짖는 말을 들으면서 베이징 대도시에서 국어대사전을 편찬하고 있는 학자들을 떠올렸다. 말 한 마디 글의 쓰임새를 설명하기 위해 『수호전水滸傳』, 『금병매金瓶梅』, 『홍루몽紅樓夢』을…… 그리고 다른 모든 원대, 명대, 청대의 잡극과 소설을 뒤적이며 얼마나 많은 서적에 가위질을 해댔는가!

만약 그 학자들이 친구의 여관에 올 수 있다면 일부러 마당에 오줌을 누거나 모르는 척하고 과일 껍질을 창밖으로 내던져 보시라. 아니면 아예 그 여관주인 면전에서 건방지게 굴거나 비이성적인 행동을 해보시라. 됐다. 그럼, 여관주인의 욕설 속에서 괴의하면서 희한한 말을 듣게 될 것이다. 그러면서 살아 숨 쉬는 대사전이 그곳에 본래부터 놓여 있었음을 알게 될 것이다!

만일 사회경제 조사단이 샹시에서 자료를 구한다면 그 여관이 머물기에 최적의 장소가 될 것이다. 천허 연안 부두의 세수, 아편 시세, 기녀, 그리고 오동기름, 주사(朱砂)의 생산지와 가격, 부두 관리업무를 맡은 담당자들의 이름과 성격 등 내 친구가 알고 있는 것이 모든 방면에서 현 아문(衙門)의 '조계(租界) 경찰서의 정탐꾼'보다도 더 정확하다. 그가 25세의 나이로 40명의 여인들을 품었다는 것을 고려해 보아도 평범한 지식인이 보기에는 놀랄 만한 풍부한 경험이 아니겠는가!

　나도 그곳이 고향이기는 하지만 10년 동안 떠나 있어 모든 것이 생소했다. 그래서인지 친구는 특별히 나를 타오위안까지 배웅하겠다고 하여 배를 임대하는 등 모든 것을 손써 주었다.

　12시에 우리는 우링을 출발했다. 1시 반 정도 지나자 차는 타오위안 현 터미널에 도착했다. 차에서 내리고 배를 타려 할 때 짐 몇 개 때문에 몹시 난처하게 돼 버렸다. 친구가 말하기를 만약 짐을 다 들고 배를 타려면 뱃사공들이 '기다렸다는 듯이 우리 약점을 이용하여' 가격을 너무 높이 부를 것이기 때문에 방법이 없다는 것이었다. 만약 짐들을 다른 곳에 보관하고 빈손으로 배를 타면 우리가 '맞설 필요도 없이 그들을 이용'할 것이라 하였다. 나는 친구의 주장을 믿어 그의 말대로 어느 주점에 맡기기로 했다.

　타오위안 터미널에 도착하자마자 우리는 술밑을 파는 집으로 짐들을 옮겼다. 상점에 도착하자 마흔이 넘어 보이는 살찐 중년 여인이 우리를 마중했다. 친구가 양아버지 맺은 집이었다. 열대여섯 살쯤 돼 보이는 여자아이가 차를 내왔다. 하얀 얼굴에 까맣고 빛이 나는 긴 머리를 늘어뜨리고 있었다. 입술이 조그맣고 허리는 가늘었다. 수정구슬 마냥 맑은 눈은 사람을 바라보며 끊임없이 움직였다. 촌수로 따지자면 양녀뻘이 되는 셈이다. 우리 둘은 잠시 앉아 있다가 팔을 휘적휘적 저으며 강변으로 갔다. 강변 거리에 있는 중고서점 무명씨의 산수화가 친구의 눈을 끌었다. 20원에 사기로 하고 다시 강변으로 배들을 구경하러 갔다. 내가 여관주인의 친구라는 것 때문에 뱃사람들과 가격 협상이 쉽게 이루어졌다. 오가면서 배 주인에게 보증서를 쓰게 하고 짐을 찾고 일을 다 끝내니 한밤중이 돼 버렸다.

이튿날 새벽에 출발하기 때문에 나는 친구에게 배에서 같이 자자고 했다. 그러나 친구는 술밀 상점의 15년 전에 알게 된 친구 딸이 어미 닭을 한 마리 삶아 밤참을 먹기 위해 자신을 기다리고 있다고 했다. 폐 닻줄에 불을 붙여 횃불 삼아 유쾌하게 강기슭으로 올라 흔들흔들 바삐 걸어갔다.

친구가 강기슭을 올라 조각루(吊脚樓) 기둥 아래서

강변 거리로 들어설 때 초병의 구호가 들렸다. 그러자 친구는 큰소리로 "백성이요."라고 대답하며 자신의 신분을 알렸다. 이튿날 동틀 때 내가 잠에서 깨지도 못했는데 배는 이미 상류로 움직이기 시작했다. 대략 3리 길을 떠나왔다 싶었을 때 강기슭에서 내 이름을 부르는 소리가 들렸다. 강을 따라 쫓아오고 있었다. 열정 속에 달아오른 이불을 박차고 내가 떠나는 것을 배웅하러 온 친구였다. 배를 기슭에 댔다. 하늘에서는 눈이 내렸다. 그는 뱃머리에 서서 어깨에 내려앉은 눈을 털며 뱃사람에게 왜 이렇게 빨리 출발했느냐고 물었다.

내가 말했다.

"수소 형님아. 어찌 된 거고. 날씨가 이리도 추운데, 뭣 하러 새벽부터 날 배웅한다고 쫓아와!"

친구는 선실로 들어서며 웃음 띤 얼굴로 조용조용 내게 말했다.

"수소 친구야. 내가 사려고 했던 그림 봤었잖아. 살 생각이 없어졌어. 나 말이야, 어제저녁에 더 아름다운 서화첩을 봤거든!"

"누가 그린 건데?"

"당연 구십주거지. 아마 구십주 그 잡놈도 그려내

지 못할걸. 수소 친구야, 얼마나 아름다운지……"

말도 다 끝내지 않고 친구는 하하 큰소리로 웃었다. 그 말이 무엇을 뜻하는지 나도 잘 알고 있었다.

"너 또 길을 잃었구나? 네가 나한테 말했잖아. 자신이 너무 늙었다고. 안 그랬어?"

"타오위안에 왔는데 길을 안 잃을 수 있나? 나 자신은 늙었지만 같이 있는 사람이 젊으면 되는 거지? 수소 친구야, 조심해서 가고. 나는 걱정하지 마. 돌아올 때 내 여관으로 와. 내가 모두 준비해 둘 테니."

"가는 길 순조롭기를 바라고. 편히 가."

소리치며 친구가 표범처럼 몸을 훌쩍 날려 기슭으로 뛰어내리자 배는 출발했다.

1934년에 쓰다.

[原載 1934년 4월 18일 天津 『大公報·文藝』 59기]

타오위안桃源과 위안저우沅州

　　당나라 때부터 『도화원기桃花源記』는 꼭 읽어야 하는 것으로 중국의 지식인에게 운명 지어졌다. 그래서 중국인들은 타오위안(桃源)을 신선이 사는 이상향으로 삼고 있다. 그 지방은 우링(武陵)의 어부가 발견한 곳으로 양쪽 기슭에는 복숭아꽃이 피어 있으며 향기로운 풀들이 선명한 색깔로 아름답게 가득 피어 있다고 알고 있다. 먼 데서 손님들이 오면 시골 사람들은 닭을 잡고 술을 데워 환영한다. 그곳에 살고 있는 사람들은 진나라를 피해 은거한 유민들이다. 한나라가 세워진 것도 모르고 위·진 시대가 있었다는 것도 모른다. 천여 년 동안 타오위안에 대한 지식인들의 인상은 바뀌지 않았다. 국가가 쇠락하고 변란이 발생하여 유민이 많아질 때마다 『도화원기』는 많은 사람들에게 더 깊은 환상을 심어 주었고 더 많이 술을 권하게 하였다. 그러나 그곳에서 살고 있는 사람들은 누구도 자신들이 유민이나 신선이라 생각하지 않는다. 그리고 유민이나 신선을 만나본 사람도 아직 없다.

타오위안 동(洞)은 타오위안 현에서 25리 정도 떨어져 있다. 타오위안 현에서 배를 타고 위안수이(沅水)를 따라 거슬러 올라가다 보면 바이마두(百馬渡)에 이른다. 강기슭에 올라 멀건 가깝건 개의치 않고 헤매다 보면 도화원이 눈앞에 펼쳐진다. 그곳의 복숭아꽃은 그리 대단하지 않지만 대나무 숲은 굉장하다. 기둥처럼 서까래처럼 커다란 대나무들이 줄지어 있다. 어딜 가도 그곳에 들렀던 사람들이 칼로 새겨놓은 시들을 발견할 수 있다. 신문화를 배운 학생도 그냥 떠나기 아쉬웠던지 영어 알파벳으로 이름을 새겨놓은 것도 보인다. 대나무 숲 속에는 간혹 건장한 청년 한두 명 숨어 있기도 한다. 기회를 엿보다 길옆에서 뛰어나와 수호전의 영웅호걸인 양 여행객들에게 노잣돈을 요구하여 사람들을 당황하게 하거나 겁을 먹게 하기도 한다.

타오위안 현도(縣都)는 다른 창장(長江) 중부의 현도와 다를 바 없다. 성문을 들어서면 인지세를 시행한다거나 공채를 발행한다는 공고들이 먼저 눈길을 끈다. 거리에는 관을 파는 곳과 약국이 있다. 다관과 주점, 쌀집이 있고 지게꾼과 스님, 도사, 거간꾼과 매파가 있다. 사당에는 대부분 군인들이 주둔하고 있어 문밖에는 무장한 병사들이 보초를 선다. 아편상과 아편 흡연상점은 규정에 따라 납세하고 현지 군경의 보호를 받는다. 현지의 대표적인 생산품은 옥그릇이다. 길거리에는 옥그릇 세공장(細工場)이 10여 곳 있다. 옥 닮은 돌을 화려하게 물들여 술잔이나 붓꽂이 따위를 만든다. 품질은 그다지 뛰어나지 않지만 가격은 싼 편이 아니다.

그 외 '뒷강[後江]'이라 불리는 지역이 있다. 공공인지 개인인지 분명하지 않은 기녀들이 줄줄이 늘어서 성실히 자신들의 직업에 종사한다. 어떤 사람들은 채소

밭 단층집에 살고 어떤 사람들은 빈 배에서 살기도 한다. 지저분하기는 하지만 시적인 정취가 흠뻑 풍긴다. 아녀자들은 자신들의 하체를 이용하여 군정 각계의 사람들을 위로하고 위안수이를 오가는 아편상, 목재상, 선주, 그리고 여행객들을 사로잡는다. 모든 고객의 돈지갑을 텅텅 비게 만들면서 여러 사람들이 생활하고 지역의 번영에 기여한다. 현도의 장은 늘 그렇듯이 지식인이 맡는다. 그들은 역사책에서 기녀라는 것이 인류의 가장 오래된 직업이라는 것을 알고 있다. 군현이 생기기 전에 이미 기녀들이 있었다. '풍아'한 상류사회와 어울리지 않는다고 금지시킬 수도 있으나 그런 직업에 기대어 살아가는 사람들의 생존에 영향을 미칠 수 있기 때문에 정당한 방법으로 세금('꽃세'라는 아름다운 명칭을 붙였다)을 거두어 그 돈으로 지역 행정, 보안을 보충하기도 하고 도시와 농촌의 교육비로 쓰기도 한다.

타오위안은 유명한 지방이라 매년 '풍아'한 상류사람들이 많이 찾아오는 것은 당연하다. 옛 타오위안이라는 이름을 동경하여 이삼 월에 『도정절집陶靖節集』과 『시운집성詩韻集成』 등을 들고 아름답고 그윽한 경치를 찾아 타오위안에 온다. 그런 부류의 사람들에게 타오위안동에서 시 짓기가 끝나면 뒷강을 방문할 기회가 으레 있기 마련이다. 친구나 전문가를 따라 이집 저집 다니면서 아편을 피우고 차를 마실 수밖에 없다. 그러다가 마음에 드는 여인을 만나면 가격을 묻게 된다. 3원이든 5원이든 아끼지 않고 만인이 사용했던 불결하기 그지없는 꽃이 수놓아진 침대에서 가련한 여인의 가슴 위에서 방탕한 하룻밤을 보낸다. 이리하여 기행시가 중에 무제시 몇 수에는 '무협신녀(巫峽神女)'*, '한고해패(漢皐解佩)', '유원천태(劉阮天台)'** 등등의 전고가 일률적으로 인용된다. 타오위안동을 여행한 사람 중에 평소 신중하게 사는 사람은 바로 병원을 찾게 될 거로 생각하여 스스로 발길을 돌릴 것이다. 외지에서 온 풍아한 사람들을 접대하는 기녀들은 하루는 마양(麻陽) 출신 뱃사람 셋을 연달아 접대했을 것이요, 하루는 구이저우 성 소가죽 장사치와 함께 지냈을 터이다. 그런 아녀

---

* '무협신녀(巫峽神女)'는 일반적으로 '무산운우(巫山雲雨)'라 한다. 남녀 간의 깊은 사랑을 이르는 말이다. '무산양대(巫山陽臺), 무산지몽(巫山之夢), 무산지운(巫山之雲)이라 하기도 한다.

** '한고해패(漢皐解佩)'는 한고에서 패옥을 풀어주다 뜻이다. 남녀 사이 사랑하여 증답하는 것을 가리킨다. '유원천태(劉阮天台)'는 유원이 천태에서 노닌다는 뜻이다.

자들은 뱃사람이나 현 관아 집행관, 공안국 서기, 아니면 현지 불량배들이 오랜 기간 독차지했을 수도 있다. 그런 사람들은 손님이 오면 아편 집에서 밤을 지새우고 손님이 돌아가면 자기 여자 품으로 돌아가 아편을 피울 게다.

현도 인구 중 기녀들이 차지하는 비중은 크다. 여러 가지 이유로 다른 도시에 비해 기녀의 나이에 별다른 제한을 두지 않는다. 오십이 넘은 사람도 있다. 손녀뻘들과 함께 그런 생활 전선에 뛰어들어 매일 뱃사람이나 군영의 취사부를 돌아가며 접대한다. 열서너 살밖에 되지 않은 여자도 있다. 젖비린내도 채 가시지 않았는데도 남자를 접대하며 살아가는 것이다.

그 아녀자들의 기예는 아편을 태워주고 유행하는 노래를 불러주는 것이다. 찾아온 손님이 군대 밥을 먹으며 곳곳을 돌아다니는 사람이면 군가나 당가를 부르거나 영화 속 주인공이 부른 새로운 노래를 불러주며 흥을 돋운다. 기녀들의 수입은 은화 2, 30을 받기도 하고 3, 4전에 불과한 경우도 있다. 기녀들이 병을 얻는 것은 대수가 아니다. 너무 병이 중해 생계를 꾸려나갈 수 없을 경우에는 길거리 양약방에 가서 주사를 맞는

다. 시도 때도 없이 아무렇게나 주사 몇 대를 맞을 뿐이다. 간혹 각지를 떠돌며 의술이나 점치는 것으로 생계를 꾸려 나가는 사람에게 약을 받아와 주사(朱砂)나 복령(茯笭)을 가리지 않고 복용하기도 한다. 그저 지탱할수만 있으면 되는 것이다. 자기 손으로 밥을 먹을 수 있을 때까지 그렇게. 결국 병으로 쓰러져 아무런 희망이 없다 싶으면 장정을 불러 문짝을 이용해 빈 배에서 홀로 살아가는 늙은 아낙네에게 옮겨다 놓는다. 생의 마지막 숨을 쉬고 저세상으로 떠나면 그나마 알고 지내던 사람들이 큰 소리로 하늘을 부르고 땅을 치며 슬퍼해 주고 서로 자신이 가진 것을 내놓아 스님을 불러 진혼하고 널빤지 관을 외상으로 사 오거나 혹은 '비싼 길미'를 빌려 얇은 판자를 덧대 땅속에 묻으면 그만이다.

타오위안 지방은 국도가 놓여 있다. 샹시(湘西)의 요충지라 불리는 우링까지 직통으로 가는 신식버스 8, 9대가 매일 정해진 시간에 도로 위를 내달린다. 창더에서 90리 떨어져 있고 차표는 1원이다. 이 도로는 창더에서 후난 성도인 창사(長沙)까지 쭉 뻗어 있다. 버스로는 4시간이 걸리고 차표는 6원이다. 도로가 개통될 때 구이저우에서 생산되는 특별화물의 운수가 편리해져

서 샹시의 경제발전에 큰 공헌을 할 것이라 얘기하는 사람이 있었다. 그 사람은 성의 경계를 통과하는 특별화물이 4·5백이나 되고 하루에 도로를 통해 오갈 수 있는 화물차는 십여 대뿐이라는 것을 모르고 한 소리다. 특별화물 운송만이 아니라 정제를 해야 한다면 하루에 얼마나 운송할 수 있겠는가? 특별화물의 정제에 대해 말하면 모든 성에서 아편을 피우는 것을 엄격하게 금하고 있는 상황에서 일반사람들이 감히 법에 저촉되는 짓을 하지 못할 것이다. 만약 타오위안 상점에서 황색 분말 약물을 사고자 하는 사람이 있어 화물에 대해 자세히 물으면 그것의 출처를 확실히 알게 될 것이다. 더욱이 생산지가 타오위안 현도가 아니며 성 경계 넘어 운송할 때 윤선을 이용하여 한커우(漢口)로 직접 가지고 가기 때문에 굳이 도로를 이용해 차로 창사까지 운송할 필요가 없다는 것도 알게 될 것이다.

타오위안의 명산물이라 할 수 있는 것은 닭과 달걀이다. 크고 작은 거리의 여기저기에서 불이 붙은 듯 붉은 볏을 가진 크고 장엄한 동물을 볼 수 있다. 그 지방의 달걀을 처음 본 사람들은 분명 오리 알이나 거위 알이 아닌가 싶을 것이다. 그다음 명산물은 작은 배다. 날

렵하면서도 안정감이 있고 깨끗한 것이 위안허(沅河)에서 손꼽힌다 할 수 있다. 성을 여행하려는 사람들 중에 샹시의 용수이(永綏), 첸 청(乾城), 펑황(鳳凰)에서 후난 변방 묘족의 분포 상황을 연구하려거나 샹시에서 쓰촨의 요우양(酉陽), 슈산(秀山)의 오동기름 생산 상황을 조사하러 가려거나 구이저우의 퉁런(銅仁)으로 주사와 수은의 생산을 조사하러 가려거나 위핑(玉屛)으로 대나무 종류와 퉁소나 종이 제조업을 조사하러 가려는 사람들은 타오위안 현도 괴성각(魁星閣) 아래서 배를 세내어 위안허를 따라 물길을 거슬러 올라가면 곧바로 목적지에 도착할 수 있다. 목적지에 도착하여 강기슭으로 올라 짐을 여관에 맡기는 데까지 어떤 어려움도 없이 순조롭게 이루어질 것이다.

타오위안 배에는 으레 키잡이가 있어 선미를 관장하면서 배의 좌우를 조절한다. 돛을 펴고 닻줄을 조절하면서 강 위와 산골짜기에서 불어오는 바람을 포착한다. 줄을 놓으면서 배를 끌고 강 너비와 물살을 재면서 대로 만든 닻줄을 늘었다 줄였다 한다. 그 외에 뱃머리를 지키는 사람도 있다. 여울을 오르내릴 때 흐름의 상황을 보면서 문제가 발생하지 않도록 키잡이에게 암석이나 거센 파도와 암류를 알려준다. 문제가 생겼을 때는 삿대로 정확하게 중심을 잡을 줄 알아야 한다. 담이 커야 하고 힘도 있어야 하고 경험도 많아야 한다. 돛을 달고 내리고 재빠르게 돛대의 줄을 당겨야 한다.

순풍에 배가 쏜살같이 흘러갈 때면 뱃머리에 앉아 소리도 지르고 휘파람도 불면서 뒤처져 오는 배들을 조롱하기도 한다. 자신의 배가 뒤처져 조롱하는 소리가 들릴 때는 욕으로 되돌려 준다. 다른 배에서 노래를 부르면 노래로 화답해 준다. 배 두 척이 부딪쳐 시비가 생겼을 때는 결코 지려고 하지 않는다. 싸움이 붙었을 때는 먼저 삿대를 손에 잡고 맞선다.

배가 급류에 휩쓸려 암석 틈으로 빠져들어 갈 때면 여름, 겨울 가리지 않고 용감하고 재빠르게 상·하의를 다 벗어 던지고 급류 속으로 뛰어든다. 물속에서 등과 어깨 힘으로 배를 위험 지역에서 빼낸다. 키잡이가 사고로 일을 제대로 못 하게 되면 뱃머리에서 배꼬리로 옮겨가 임시 키잡이 노릇을 하기도 한다. 배에 어린 뱃사람이 같이 있으면 일이 생길 때마다 챙기고 해야 할 일을 가르쳐준다. 배에 문제가 생기면 키잡이와 앞뒤의 사공이 마주 서서 욕지거리를 해댄다. 이것은 뱃사람이라면 반드시 해야 하는 일 중의 하나다. 그러면서도 계속 배를 몬다.

배에는 잡일을 하는 어린 뱃사람도 필요하다. 쌀을 씻고 밥을 하고 야채를 썰고 그릇을 씻는다. 모든 일을 해야 한다. 배를 몰고 가다 노를 저어야 할 때는 같이 젓고 상앗대를 잡아야 할 때는 같이 잡는다. 배우는 기간이기 때문에 모든 일에 주의를 기울이어야 하고 경험과 기량을 쌓아야 한다. 물의 흐름과 바람을 아는 법, 암초를 기억하고 상앗대와 노 사용법을 배우는 것 이외에도 욕지거리를 배워야 한다. 하루 종일 귓가에 울리는 기괴하고 희한한 각종 단어들을 머릿속에 기억해 뒀다가 나중에 다 자란 후 다른 사람을 욕할 때 써먹어야 하기 때문이다. 강을 거슬러 올라갈 때 바람이 불지 않으면 밧줄을 지고 대나무로 만든 줄을 잡아당기면서 황량한 강 안의 좁은 길에서 배를 끌고 앞으로 나가야 한다. 배가 부두에 정박해 있을 때는 무탈하게 배를 지켜야 한다.

그들의 경제적 상황을 말하면 키잡이는 거의 뱃사공이 장기간 고용하는 경우가 많아 평균적으로 하루에

8푼에서 1각 사이다. 뱃머리를 담당하는 뱃사람은 장기고용으로 나이가 많고 힘이 세며 경험이 많으면 키잡이와 비슷한 대우를 받는다. 단기 고용 인력이라면 상행에 평균적으로 하루 1푼이나 1각이나 1각 5푼을 받고 하행 시는 식사만 제공한다. 어린 뱃사람은 배우는 기간이라 나이나 기량에 따라 다르다. 배우는 기간 중 매일 2푼 정도 받아 용돈으로 쓰는 사람이 있는가 하면 수년간 배에서 식사만 해결하는 사람도 있다. 잠시 정신을 놓은 사이 갑자기 자신의 손에 잡았던 대나무 상앗대에 치여 암석 사이 격류 속에 빠질 경우 헤엄쳐 나오지 못하면 익사한다. 선주 쪽에서 증명서를 써주면 가족은 더 이상 문제를 삼지 못한다. 키잡이가 죽은 어린 뱃사공의 옷을 부모에게 넘겨주며 강물에 빠진 상황을 설명하고 지전 몇백을 태우는 것으로 절차가 깔끔하게 마무리된다.

타오위안 배 한 척에는 이러한 뱃사람 3명 이외에 길을 서두르지 않는 인내심이 있고 혼자 지루함을 즐기면서 2·30전을 지불하는 손님이 있어야 맑디맑은 위안수이의 상하류를 오가는 것이다. 이런 작은 배의 손님으로 처음 기록된 사람은 초나라에서 쫓겨난 미치광이 굴원(屈原)이다. 그는 자신의 문장 속에 "아침에 왕저(枉陼)를 떠나서 저녁에 진양(辰陽)에서 머물렀다."라고 한 적이 있다. 만약 그의 문장이 인용할 가치가 있다면 우리는 "위안수이에는 백지(白芷)가 있고 리허(澧河)에는 난초가 있어라(고결한 사람을 비유한다)."라는 구절과 "배를 타고 위안수이로 거슬러 올라가게 하였다."라는 구절에서 굴원도 어쩌면 타오위안 배를 타고 강을 거슬러 올라 방초(芳草) 향화(香花)가 있는 위안저우(沅州)로 갔을 것으로 짐작할 수 있다.

위안저우 상류에 바이옌(白燕) 계곡이 있다. 계곡 곳곳에는 백지가 나는데 볼만하다. 백지는 난초과 식물로 벼랑 틈새에 뿌리를 내리고 자란다. 간혹 소나무 잔가지까지 만연하여 기다란 잎이 하늘거린다. 꽃은 기다란 줄처럼 아래로 내려뜨려 져 청초한 정취를 풍긴다. 꽃잎 형태는 건란(建蘭)보다 연하고 향기는 건란보다 담백하다. 바이옌 계곡에서 배를 타고 노닐다가 손을 뻗으면 쉽게 잡힌다. 내키는 대로 손을 뻗으면 눈 깜짝할 사이에 꽃 한 다발을 쉽게 꺾을 수 있다. 벼랑이 높으면 대나무 상앗대로 가볍게 두드려 맑은 계곡의 물 위로 떨어지는 꽃을 손으로 건져내면 된다.

난초와 지초 이외에도 여러 방초 향화가 계곡을 따라 이어진 벼랑에 피어 있다. 끝없이 펼쳐진 검푸른 빛의 벼랑과 어질어질할 정도로 은은한 향기를 내뿜는 진기하고 아름다운 꽃, 조그마한 소용돌이가 서로 어우러져 말로는 표현할 수 없는 마음을 황홀하게 만드는 성스러운 도원경을 이루었다. 이런 곳이 없었다면 굴원은 더 마음을 바로잡지 못했을 것이고 아름다운 문장도 써낼 수 없었으리라.

내 이 글을 보고 방초 향화가 만개한 위안저우에 마음이 끌려 문득 타오위안에서 배를 타고 위안저우까지 가서 『초사楚辭』에 있는 초목을 연구하고자 실행에 옮기는 사람이 있을 것이다. 위안저우 남문에 도착하면 성벽에 눈에 띄는 검은색을 무의식 중에 보게 될지도 모른다. 호기심에 그것이 무엇인지 알고 싶어 사람들에게 물어볼 것이다. 그가 본 것은 예로부터 있었던 무슨 유적이 아니라 새로 생긴 핏자국일 뿐이다. 숙당을 감행한 '청당(淸黨)' 전후 황저우(晃州)에 탕(唐) 씨 성을 가진 젊은이가 있었다. 베이징 농과대학을 졸업하고 당무(黨務) 특파원 자격으로 농기구 등을 어깨에 멘 2만

이상의 시골농민들을 이끌고 성문 앞에서 탄원하였다. 수성을 담당하던 병사들은 장관의 명령을 받아 탄원을 하는 군중을 성안으로 들어오지 못하게 막았다. 양쪽이 팽팽하게 맞서다 끝내 충돌하게 되었다. 한쪽은 깃발과 몽둥이를 들고 고함치며 분노를 표출했고 다른 한쪽은 기관총 1대와 보병총 4대를 갖추고 있었다. 거리는 무척 좁았다. 결국 앞쪽에 서 있었던 특파원과 40여 명의 청년학생과 농민들이 성문 앞에서 희생되었다. 다른 농민들은 상황이 뒤틀리는 것을 보고 농기구들을 버리고 사방으로 놀라 달아났다. 특파원의 시체는 병사들이 총검으로 성문 목판에 걸어 두고 사흘 동안 대중에게 본보기로 삼았다. 사흘이 지난 후 다른 희생자들과 함께 굴원이 그리도 칭송했던 맑은 강물 속으로 내던져져 물고기 밥이 됐다. 요 몇 년 동안 내전이 반복되는 와중에 현지인들은 강제 징발당해 부역하며 어려운 나날을 보내면서 그 사건도 차츰 잊었다.

타오위안 배가 손님을 태우고 위안저우에 도착하여 손님과 짐들을 강기슭으로 옮기고 술값을 받아 배로 돌아올 때가 되면 뱃사람 중 흥이 나서 내친김에 구두장이 거리를 돌아다니는 이가 분명 있게 마련이다. 그곳은 타오위안의 기녀 거리인 뒷강과 다름없으며 인류의 가장 오래된 직업을 가진 인물들이 살고 있다. 상업지역은 아니지만 가격은 합리적이다. 5각이면 한 관문을 통과하고 배에 오를 때 누런 일반 각연초를 얻을 수 있었다. 10년이나 된 관행이었다. 물가가 비싸진 지금의 상황을 고려하면 모든 것이 달라졌을 게 분명하다. 내야 하는 비용도 올랐을 것이고 돈을 받아 접객하는 이도 각연초를 메이리표 담배로 이미 바꿨을 것이다.

혹시 구두장이 거리에서 뱃사람을 만나면 이렇게 물을 것이다.

"뱃사공. '좋은 거름은 남의 농지로 흐리지 못하게 한다' 하잖소. 이처럼 좋은 것은 남에게 주지 않는 건데. 집에 있는 사람은 남에게 주고, 남의 건 돈을 줘야만 하는데, 거 수지가 맞는 거요?"

그럼 뱃사람은 허리춤의 새미가죽 복대를 툭툭 치면서 빙그레 웃으며 말할 것이다.

"어르신, '양털은 양 몸에서 나온 것', 쌈짓돈이 주머닛돈인 게고. 이 돈도 나 타오위안 사람의 돈이 아니니까, 수지가 맞는 거지요."

그가 대답한 것은 후반부일 따름이다. 전반부는 얘기할 필요도 없다고 본 것이다. 본인은 지금 위안저우에 있는 것이고 타오위안에서 800리나 떨어져 있는 이상 타오위안에 남아 있는 여자까지 자신이 신경 쓸 수 없기에.

바로 이런 사고 때문에 뱃사람들의 생활은 '풍아'한 상류 사람들보다도 거리낌이 없는 것이다. 내가 '무산계급을 비호한다'고 의심할 사람은 없을 것이지만 그래도 덧붙이고 싶다. 그들의 행위는 '공자 왈'을 읽고 많은 시인들이 지은 규방시를 가지고 타오위안에 아름다운 명승지를 유람하다 뒷강 기녀 거리에 가본 경험이 있는 '풍아'한 상류사회 사람들보다 실제로는 더 도덕적이다.

1935년 베이징 대도시에서 쓰다.

[原載『國聞周報』12권 11기]

야커웨이鴨窠圍의 밤

황혼이 드리울 때 눈발이 한바탕 흩날리다 얼마 지나지 않아 멈췄다. 날씨가 엄청 춥다. 냉기 속에 모든 것이 얼어붙지 않나 싶다. 공기조차 얼어붙을 기세다. 하늘이 하염없이 눈덩이를 무더기로 쏟아낼 때 내가 타고 온 작은 배는 강기슭에 정박했다. 타오위안 현에서 강을 따라 올라온 지 닷새째 되는 밤이다. 한밤중에도 눈발이 휘날릴 것 같은 상황이라 배를 정박시킬 때 가장 좋다 싶은 장소를 찾아 헤맸다. 배가 정박하기 적당한 모래톱 이외의 다른 산기슭은 검푸른 빛의 집채만 한 바위투성이다. 바위는 큰 반면 배는 너무 작았다. 우리는 눈보라를 막아내기 위해 장벽이 될 만하고 육지에 오를 때 편한 곳을 찾으려 애썼다. 하지만 정박할 만한 곳은 현지 어선들이 이미 차지해 버렸다. 뱃사공은 사방으로 배를 저으며 송곳쇠로 강기슭의 바위를 두드렸다. 맑은 소리가 났다. 어쩔 수 없이 크고 작은 다른 배들처럼 정박할 수밖에 없었다. 정박할 곳에 상앗대를 꽂고 닻으로 쓰는 돌덩이를 모래언덕 위로 던졌다. 그렇게 해야 눈보라가 몰아칠 때 배에 쏠리는 힘을 분산시킬 수 있다.

여기는 길게 흐르던 강물이 방향을 바꿔 꺾이는 지점이다. 양쪽 기슭은 산이 천길만길 높게 솟아 있다. 산꼭대기에는 긴 세월 변함없이 우리를 현혹시키는 비취색의 작은 대나무가 자라고 있다. 해 질 무렵이면 양쪽 산은 까만색만 남겨둬 하늘을 바탕으로 흐릿하게 윤곽만 드러냈다. 하지만 석양 속에서 기적과 같은 것을 볼 수 있다. 바로 수면에서 30여 장 높은 곳에 걸려 있는 조각루(吊脚樓)다. 집들 중 어느 하나 공중에 매달려 있지 않은 것이 없다. 황혼의 금색을 받아 희한한 가옥들의 형체를 대략이나마 볼 수 있다.

가옥들은 강을 따라 줄지어 서 있는 집들과 공통점이 있다. 구조로 보면 목재를 너무 낭비하고 있다 싶을 정도다. 집들이 산 중턱에 자리 잡고 있어 그렇게 많은 목재들을 사용하지 않더라도 지을 수 있는 것이 아닌가? 산 중턱에 조각루 형식으로 지었는데 그런 형태가 꼭 필요한가? 하지만 이 강변은 목재 생산이 주종을 이룬다. 목재가 돌보다도 싼 것이다. 그래서 강 수면에서 그리 멀리 떨어지지 않은 곳에도 뭐 그리 시선을 끌거나 경이롭게 생각할 필요가 없다는 듯 조각루는 예나 지금이나 즐비하게 늘어서 있다. 강을 따라 이러한 주택들이 있기에 흐르는 물과 긴 세월 투쟁해 온 뱃사람이나 단조로움에 병이 될 정도로 답답한 여행자, 그리고 길을 가는 사람들이 발길을 멈출 곳이 생긴 것이다. 그들의 피로와 고독은 이러한 집들이 있어 해소할 수 있는 것이다. 이 지역은 아름다울 뿐만 아니라 흥미롭기까지 하다.

강변에 정박한 크고 작은 배들은 기름불을 켜지 않거나 덮개를 펴지 않은 것이 하나도 없다. 모든 배들이 뒤쪽 선실에 불을 피우고 쇠 솥에 붉은 쌀밥을 짓는다. 밥이 다 되면 솥을 바꿔 기름을 끓이고 채소를 뜨거운 솥에 집어넣는다. 식사가 준비되어 갑판에 웅크리고 앉아 두세 그릇 뱃속 가득 집어넣으면 날이 다 저문다. 추위 때문에 뱃사람들은 움직이려 하지 않는다. 설거지를 끝낸 후 갑판에 이불을 펴고 미리 대통처럼 말아놓은 차가우면서 습기 머금은 딱딱한 솜이불 속으로 기어들어 간다. 술 한잔이 생각나는 사람이 담배를 기름불에 대고 피우면 배 위에는 담뱃재가 휘날린다. 특별히 가진 것이 없으면서 외로이 혼자 있고 싶지 않은 사람들은 재미있었던 이야기들을 나누기 위해 강기슭에서 불을 피우고 모여 앉아 이야기꽃을 피운다. 언제나 장등(돛대 위에 단 바람막이 유리가 부착된 제등)은 화제가 된다. 어떤 사람은 폐 닻줄에 불을 붙여 들고 휘휘 저으며 뱃머리에서 강기슭으로 뛰어넘어간다. 바위틈 사이로 나 있는 작은 길을 따라 산 중턱에 걸려 있는 조각루 쪽으로 건너가 친한 사람이나 자주 가봤던 곳을 찾아간다. 이 강, 이 조각루에 처음 와서 낯설어 하는 사람이 당연히 있게 마련이다. 하지만 아무리 생소하더라도 그곳에 도착하여 불더미 옆 걸상에 걸터앉기만 하면 금방 동향 사람이라 부르며 절친한 사이가 된다.

양쪽 기슭에는 강을 오르내리는 크고 작은 선박 30여 척과 예전에 눈이 녹아 물이 불었을 때 강에 띄운 크고 작은 뗏목이 헤아릴 수 없이 묶여 있다. 좀 작다 싶은 뗏목에는 밤을 보내기 위해 잠을 청할 장막조차 없다. 부두에 닿으면 각자 강기슭으로 머물 곳을 찾아 나선다. 큰 뗏목에는 집까지 마련돼 있다. 배도 있고 자그마한 채소밭도 있고 돼지를 키우고 닭을 키우는 울짱도 있다. 안식구도 있고 어린아이도 같이 산다.

캄캄한 어둠이 강 수면을 가득 채우면 뗏목 위의 불빛과 조각루 창가의 등빛, 그리고 강기슭 바위틈 사이로 움직이는 횃불의 붉은 불빛들도 보인다. 그때가 되면 강기슭과 배 위에서 두런두런 이야기를 나누는 목소리가 들린다. 조각루의 어둡고 희미한 불빛 아래서 나지막이 부르는 아낙네들의 노랫소리도 들려온다. 노래 한 곡 한 곡 끝날 때마다 웃음소리가 따라온다. 조각루 아래 어느 집에선가 네 마리 어린 양들이 울고 있다. 부드러우면서도 집요한 울음소리가 사람을 우울하게 만든다. 마음속으로 '분명 다른 곳에서 끌려왔을 것이다. 다른 곳에 저 어린 양의 어미도 저렇게 집요하게 울고 있을 터인데' 생각했다. 날을 셈해보니 열하루가 지나면 설이다. '저 어린 동물들은 자신들이 살날이 아흐레밖에 남아 있지 않은 것을 알고나 있을까?' 알고 있으면 어떻고 모르면 또 어쩌랴. 설 쇠기 위해 데려온 것이라 이곳에서 죽어야 할 것이니. 집요한 울음소리는 여태 내 귓가에서 사라지지 않고 있다. 나는 우울해졌다. 내가 이 세상의 조그마한 존재를 접촉하면서 세상 속 존재가 속속들이 보이는 것 같아 마음이 너무 여려졌다.

그러나 긴 밤을 이렇게 보낼 수는 없지 않은가. 나는 맑음 속에 쉰 소리가 섞인 여인의 노랫가락을 따라 그녀에게 다가가는 상상을 했다. 침상이 보이는 듯했다. 짚자리 위에 낡은 범포나 고물로 만든 지저분하면서도 딱딱한 솜이불이 깔려 있다. 이불 가운데는 장방형의 나무쟁반이 놓여 있다. 쟁반에는 찻잔, 담뱃갑, 아편 담뱃대, 돌멩이, 등잔이 각각 하나씩 놓여 있다. 쟁반 옆에는 아편을 피우는 사람이 누워 있다. 노래를 부르는 여인은 자신의 팔을 주무르며 아편을 피우는 사람 앞에 서 있다. 어쩌면 남자 맞은편 침대 머리맡에 기대어 손님에게 아편을 붙여 주고 있을 수도 있겠다. 가옥은 겹집이다. 바닥이 흙으로 돼 있는 거리를 앞에 두고 뒤로는 강을 마주하고 있다. 바로 조각루라 부르는 집이다. 이런 집들의 창문은 강 쪽으로 나 있어 창가에 기대어 강에 정박한 배에 있는 사람을 부를 수 있다. 배에서 법석을 떨며 흡족하게 일을 마치고 내릴 때 부탁받은 일이 있거나 어떤 다른 이유로 훤히 비추는 횃불을 들고 바위틈 사이에 잠시 멈추면 창가에서 부르는 소리가 들린다.

"큰오빠. 기억해 둬요. 하행할 때 다시 들러야 해요."

"그럼. 와야지. 꼭 기억해 둘 거야."

"순순(順順)을 만나면, 계, 끝났다고 전해주고. 애 다니우(大牛), 무릎뼈 다 나았다고 전해주고. 고운 가루 세 근, 얼음 설탕이나 각설탕 세 근 가져오라 전해 주고."

"알아. 잊지 않을 거야. 아줌마, 걱정 마세요. 순순 어르신을 보면, 계, 끝났고. 다니우는 다 나았고. 가는 가루 세 근, 얼음사탕 세 근. 꼭 전할게요."

"양 씨, 양 씨. 4천7백 전. 계산 틀리지 말고!"

"알았어요. 걱정 마요. 4천7백 전이라면 4천7백 전

이죠, 뭐. 섣달 그믐날 더 내라고만 하지 마세요! 본인이 잘 기억하면 돼요!"

그들이 하는 이런저런 말들이 하나하나 다 들렸다. 한편으로 캄캄한 어둠 속 어느 곳에선가 매매 양의 울음소리가 계속 들렸다. 배로 돌아오는 사람들은 강기슭 어디에선가 '훈연(熏煙)'*을 먹었다는 것을 잘 알고 있다.

내 짐작하건대 그들이 훈연을 먹을 마음 없이 그저 강기슭에서 몸을 좀 녹이기 위해 집을 찾아갔다면 대부분 거리를 마주한 점포로 갈 것이다. 날씨가 무척 추웠기에 대문은 잠겨 있을 게 뻔하다. 집 한쪽에 조그마한 기름불이 켜 있고, 집 가운데에는 흙을 파서 화덕을 만들어 놓고 나무뿌리나 장작으로 불을 피우고 있을 것이다. 시시각각 형용하기 어려운 소리를 내며 밝게 불타고 있을 것이다. 화덕 옆 낮은 탁자에는 뱃사공과 뗏목을 부리는 뱃사람, 강 건너편에 살고 있는 지인들이 앉아 있을 것이다. 하늘은 싫어서 상대도 하지 않지만 자

---

* 여인들의 피와 살, 기름을 향유하면서 정신과 육체상의 만족을 얻는다는 것을 가리킨다. 아편을 피면서 여자와 노닥거렸다는 뜻이다. 한어의 '개훈(開薰)'과 비슷한 의미로 '심화문류(尋花問柳)'라는 뜻으로 화류계를 드나드는 것을 의미한다.

신은 결코 포기하지 않은 나이 칠십이 넘은 노부인이 눈을 감은 채 화덕 가에 몸을 잔뜩 웅크리고 앉아 소매에서 가만가만 감자 말랭이나 말린 붉은 대추를 꺼내 입에 넣고 씹고 있을 것이다. 지저분한 옷을 입은 말라깽이 아이가 눈을 비비면서 화덕 가에 앉은 어머니에게 기대어 졸고 있을지도 모른다. 집주인은 퇴역한 늙은 군인이거나 배를 끄는 늙은 뱃사람이거나 홀로 사는 과부가 대부분이다.

불빛에 비친 모양을 보면 대략적인 집안 상황을 알 수 있다. 벽은 목판으로 돼 있다. 한쪽에는 조상을 모신 제단이 있기 마련이다. 제단 아래 빈 곳이나 다른 쪽에는 크기가 일정치 않은 홍백의 명함들이 붙어 있을 것이다. 호기심이 생기거들랑 기름불로 비추며 자세히 살펴보시라. 대단하다 싶은 인사들의 직함임을 알 게 될 것이다. 군대에 소속된 상사나 일등병, 상점 관리인, 현지 방어무장단의 단주, 지보*, 세금관리원, 그리고 지방지주인 텅(滕) 씨 성을 가진 선주, 훙장(洪江)의 뗏목

---

* 청조와 중화민국 초기에 지방에서 관청을 위해 부역을 과하거나 재물 징발 등을 맡아 보던 사람.

상인 등 사회 여러 분야의 사람들이 망라돼 있다. 그것은 일이십 년 동안 그곳을 거쳐 간 사람들 중 극소수의 제명록인 셈이다. 삶의 방식이 제각각인 사람들이 그곳에 들렀었다는 것을 보여준다. 서로 천차만별이기는 하지만 그곳에 들르면 집안에서는 똑같이 화덕가나 침상 옆에서 얼마간 머문다. 그곳을 떠나면 사람들은 다른 세계에서 계속 삶을 영위할 것이다. 그러나 자신의 생활권 내에서 관계를 맺으며 살아가는 것 이외에 이 세상에 살고 있는 다른 사람들과는 아무런 관계가 없다. 어쩌면 그들은 이 세상 사람이 아닐 수도 있다. 익사했을 수도 있고 총에 맞아 죽었을 수도 있으며 첩이 건넨 비상(砒霜)으로 독살을 당했을 수도 있다. 그렇다 하더라도 그들의 명함은 여전히 간직되고 있다. 그중에서 어떤 이들은 부자가 됐거나 유명인사가 됐을 수도 있고 현지의 군벌이 됐을 수도 있지만 명함에는 여전히 세금관리원, 상사 등의 직함이 적혀 있다. 그 명함 이외에 집안에는 사람의 이목을 끄는 물건이 없을까? 톱, 어망, 담배, 홍보, 그림카드, 마른 대추 주머니, ……

이런 문제들을 꺼내다 보니 격한 감정이 끓어올랐

다. 나는 뱃머리에 앉아 한참을 바라보았다. 수면은 고요하다. 뗏목 위 불빛이 거의 사그라들었다. 배 위의 불빛도 많이 줄어들었다. 멀리에 있는 것들은 수면 위로 비추는 희미한 불빛에 대략적인 형상만 보인다. 다른 지역에 있는 조각루에도 아낙네가 부르는 노랫소리가 들린다. 불빛이 끊임없이 흔들거린다. 화권놀이*를 하는 모양이다. 불빛과 목소리가 흘러오는 곳을 보니 뗏목 위의 목재 위에서 부둥켜 즐기고 있거나 뱃사람들과 상인들이 술을 마시고 있는 것일 게다. 어쩌면 아낙네는 뱃사람이 특별히 창더(常德)에서 가지고 온 금도금 반지를 끼고 있을지도 모른다. 노래를 부르며 손으로 귀밑머리를 쓰다듬고 있을 것이다. 이 얼마나 심금을 울리는 아름다운 장면인가!

나는 그들의 애환을 잘 알고 있다. 이것들은 모두 나와 인연이 있다. 그들이 그곳에서 하루하루 엮어가는 것을 보면 눈물도 나고 웃음도 배어 나온다. 나와는 멀리 떨어져 있는 동시에 너무나도 가까이에 있다. 시

---

* 화권놀이란 술자리에서 두 사람이 손가락을 내밀면서 숫자를 말한다. 말하는 숫자와 쌍방에서 내미는 손가락의 수가 부합되면 이기는 것으로 지는 사람은 벌주를 마시는 놀이다.

베리아 농민의 생활을 묘사한 감동 어린 작품을 읽는 것과 같다. 책을 덮으면 말할 수 없는 슬픔이 밀려오는 것처럼.

나는 지금 상상 속에서 그들 삶의 표면에 드러난 방식을 음미하고 있다. 더불어 과거의 경험 속에서 그 사람들의 영혼을 만나고 있다.

양은 아직도 고집스레 울고 있다. 멀리서 징과 북소리가 들린다. 천지신명께 제사를 올리며 박수무당이 치는 소리가 틀림없다. 소리가 울려오는 곳에는 분명 성화와 구품 초가 앞다퉈 환하게 비추고 있을 것이다. 눈부신 불빛 아래서 붉은 천으로 머리를 묶은 박수무당이 혼자서 빙빙 돌며 춤을 추고 있을 것이다. 문 위와 대 위에는 황색 선이 둘러져 있을 것이고 평지에는 곡물이 가득 담긴 되가 놓여 있을 것이다. 새로 잡은 돼지와 양을 나무막대 위에 올려놓고 조그마한 오색 종이 깃발을 머리에 꽂아 놓았을 게 분명하다. 박수무당이 입으로 머리를 물어뜯을 수 있게 두 다리와 날개가 묶인 수탉은 어찌할 바를 모르고 토단 위에 널브러져 있을 것이다. 주인은 부뚜막 솥 한가득 돼지 피죽을 끓이고 있을 것이고 지금쯤 부뚜막에는 이글이글 불이 타오르고 있을 것이다.

근처에 정박한 큰 배 위에서 다른 뱃사람들이 다 잠들었는데 홀로 담배를 피우면서 시도 때도 없이 담뱃대로 뱃전을 두드리는 사람이 있었다. 조각루에서 울려오는 소리를 듣다가 격정적인 신음이 흘러나올 때가 되자, 온갖 것들이 연상되는 듯 치밀어오는 욕구를 억제하지 못하고 욕을 해대며 성냥을 그어 폐 닻줄에 불을 붙이고 강기슭으로 뛰어내려 조각루가 있는 곳으로 걸어가는 소리가 들린다. 강기슭 바위틈 사이로 걸어갈 때 불빛은 배의 덮개 사이로 나에게까지 스며든다.

같은 상황이었다. 같은 장소에 정박한, 면 군복을 가득 실어 상행하고 있던 배 위에 드러누워 있던 뱃사람도 같은 상황에서 갑작스런 행동을 한 것도 같은 이유였으리라. 내가 그랬었다. 밤이 길고 길어 뱃사람들 중 투전을 좋아하는 사람들이 선실 기름등 아래 삼삼오오 모여 앉아 골패놀이를 했다. 잠이 오지 않아 아무렇게나 군복을 한두 벌 껴입고 빈손으로 강기슭으로 뛰어내려 바위틈 사이 아직 다 녹지 않은 잔설에 반사되는 희미한 빛에 의지하여 높은 암벽 위에서 비추는 불빛을 향해 곧바로 걸음을 옮겼다.

거리에 들어서자 문틈으로 삐져나와 한 줄로 길게 누워 있는 불빛 이외에는 아무것도 없었다. 북적거리던 것들, 있을 법도 한 노점 가득 쌓인 땅콩이나 하더먼(哈德門) 담뱃갑에 담긴 채 말라서 쪼글쪼글해진 귤도, 작게 잘라 놓은 각설탕도, 하물며 불빛 아래 노점을 지키고 있는 눈썹이 가늘고 길게 늘어진 아낙네(이런 아낙네들은 할 일이 없을 때면 등불 아래서 바느질을 한다)들도 찾아볼 수 없었다. 집 안으로 당돌하게 뛰어들 자신이 없으니 그저 기슭에 정박한 배로 돌아올 수밖에. 산을 오를 때는 불빛이 모여 있는 곳을 향해 걸어갔기 때문에 방향은 틀릴 리 없었지만 강으로 내려올 때는 낭패였다. 갈피를 잡지 못하고 크고 작은 바위 사이를 한참 동안 헤매다니고서도 길을 찾지 못했다. 큰소리로 동료를 부르고서야 자신이 타고 있던 배를 찾아갈 수 있었다. 배에 도착해 보니 진흙투성이가 돼 있었다. 뱃전으로 기어올라 채 신발을 벗기도 전에 이불 속에서 큰소리로 외치는 소리가 들렸다.

"친구, 신발 벗어라이!"

신을 벗고도 곧바로 잠자리에 들지 못했다. 뱃사람

들 옆에 끼어들어 골패 노는 것을 구경하며 한밤중까지 있었다. —15년 전에 내가 겪은 일이다. 이런 지방에서 살아간다면 운명에 대해 경이롭다 느끼지 않을 수 없게 된다. 무엇 때문에 어떤 이유로 혼자 강기슭으로 갑자기 뛰어갔는지 나는 잘 알고 있다!

한참이 지나도 근처 정박된 배에서 뛰어내린 그 사람은 자신의 배로 돌아오지 않았다. 그가 나보다 더 많은 것을 얻었음을 알 수 있었다. 나는 그가 돌아올 때 다른 뱃사람들처럼 아낙네가 조각루 창가에서 그를 부르는 소리가 듣고 싶었다. 많은 사람들이 계속해서 배로 돌아오고 있는데 그 사람은 아직도 돌아올 기미가 없다. 나는 '바이즈(柏子)'를 떠올렸다. 그런데 같은 뱃사람이기는 하지만 한 사람은 기쁨에 들떠 강기슭을 올랐고 또 한 사람은 아무 소리도 없이 가만가만 다른 사람 뒤를 쫓아 올라간 게 아니던가. 그렇다면 같은 곳으로 갔다고 하더라도 상황은 바이즈와 같을 수 없다는 것은 너무 당연한 일이었다.

그 사람이 배에 오르고 장막을 걷는 소리를 듣고 싶은 심사에 주변의 모든 소리가 사라진 시각이 될 때까지도 나는 여전히 잠을 이룰 수 없었다. 나는 그가 돌아오는 소리를 기다렸다. 한밤중 대략 12시쯤 되었을까, 수면 위로 다른 소리가 흘러온다. 북소리 같기도 하고 기선의 모터 소리 같기도 하다. 소리가 서서히 가까워지다가 다시 점점 멀어진다. 마력을 지닌 노랫소리처럼 들린다. 단순하게 비유하여 표현할 수 없다. 고집스런 단조, 그러면서 끝없이 이어지는 단조로움은 그 속에 파묻힌 사람이 문자로 그 소리를 형용할 수 없게 만든다. 그리고 긴 강 깊은 밤 홀로 한 소리에 미혹된 마음을 포착해 낸다는 것은 쓸데없는 짓일 뿐으로. 그 소리는 나를 이불 속에서 불러낸 후 틈새를 메운 선실 문을 나서 어디서 흘러오는지 찾아 나서게 만들었다.

수면은 붉은빛으로 덮여 있다. 괴이한 소리는 붉은빛 한쪽에서 물을 스치며 흘러왔다. 알고 보니 낮에 큰 바위 아래 숨겨둔 작은 어선에서 울리는 것이었다. 초저녁에 벌써 조용조용 어망을 드리웠었다. 한밤중이 되자 뱃머리에서 수면 위로 늘어뜨린 쇠자루에 맹렬하게 활활 타는 사합목(四合木)을 담고 한쪽은 나무막대기로 박자감 있게 뱃전을 두드리면서 자유로이 흐르도록 놔뒀다. 물속에서 내리비추는 맹렬한 불빛에 놀라고 두드리는 소리에 또 한 번 놀란 물고기들이 사방으로 흩어져 달아나다 쳐놓은 그물에 걸려 어부의 포로가 됐다. 현지인들은 이런 방식의 고기잡이를 '간백(趕白)'이라 한다.

모든 빛, 모든 소리. 그 시간이 되면 캄캄한 어둠에 잠겨 고요해진다. 그저 수면 위로 흐르는 붉은빛과 뱃전을 두드리는 소리만 흘러올 뿐이다. 그런 소리와 빛은 바로 물속의 고기와 수면의 어부들이 생존을 건 백병전이다. 그 강에서 수년 동안 지속돼 왔다. 그리고 끊임없이 매일 밤 계속될 것이다. 소리의 정체를 확인하고 나서 선실로 돌아와 단조로운 그 소리를 묵묵히 들었다. 내가 본 것은 원시인이 자연과 전쟁하는 광경처럼 느껴졌다. 그 소리, 그 불빛, 바로 원시인류의 투쟁임에랴. 그것이 나를 사오천 년 그 '과거' 속으로 이끌었다.

언제부터 함박눈이 내리기 시작했는지 모르겠다고 중얼거리는 뱃사람의 말을 들으면서 마음속으로 생각했다. 이튿날 근처에 세워둔 배에서 뛰어내려 강기슭으로 내달린 그 사람이 자신의 배로 돌아올 때 기슭에 쌓인 눈 위에 남겨진 발자국을 분명 볼 수 있겠다고. 그러나 나는 그 고요하고 쓸쓸한 발자국을 결국 보지 못했다. 이튿날 내가 깨어났을 때 배는 정박했던 곳에서 아득하게 멀어져 버렸기 때문이다.

1934년에 쓰다.

[原載 1934년 4월 『文學』 2권 4기]

1934년 1월 18일

정겨운 이가 부르는 듯한 소리에 잠에서 깼다. 정신이 또렷해진 후에도 그 음성이 귓가에 맴돌았다. 내가 탄 배는 떠나온 지 한참이나 되었다. 배는 순풍에 강을 따라 미끄러지듯 흘러가고 있다. 강물이 뱃전을 가벼이 스치면서 내는 소리가 나를 깨운 것이었다.

내가 탄 배는 오늘 큰 부두에 정박하기로 돼 있었다. 그 일을 생각하니 황당하기 그지없다. 정박해야 했던 부두는 역사책에 기록된 바에 따르면 진사(辰砂)와 진천부적(辰川符籍)*으로 유명한 곳이다. 실제로는 살진 사람, 살진 돼지, 폭죽, 우산이 많이 난다. 기다랗게 늘어선 강가 거리에는 뱃사람 바이즈(柏子)와 바이즈의 정부(情婦)들이 헤아릴 수 없이 넘쳐난다. 거리 끝머리에는 홍·흑 두 색깔의 평체 글자로 된 세관의 깃발이 나부꼈다. 세관 앞에는 상하행 하는 수많은 배들이 통관 검사를 받기 위해 정박해 있다. 성벽처럼 엔담이 둘러 있는 거리 입구의 기름집에서는 일 년 내내 기름을 짜낸다. 기름을 짜는 장인이 공중에 걸려 있는 방망이를 흔들흔들 움직이다 쿵 하고 앞쪽으로 내려친다. 길게 하늘거리는 장가(長歌)처럼 아침부터 밤까지 쉴 줄 모른다. 일 년 내내 강에는 크고 작은 뗏목들이 정박하고 있다. 뗏목들이 강을 따라 하행할 때 최소 30여 명이 넘는

---

* 진사(辰砂)란, 수은으로 이루어진 황화 광물이다. 단사(丹沙)·단주(丹朱)·주사(朱沙)라 하기도 한다.
　진천부적(辰川符籍)은 '辰川符'를 푼 말이다. 중국 샹시(湘西) 지역은 무술(巫術)이 성행한 지역 중 하나였는데 이와 관련한 전설들이 많다. 그중 샹시 3대 수수께끼가 '간시(趕尸)', '방고(放蠱)', '진천부(辰川符)'인데, 진천부적은 도구와 부적을 가지고 일정한 형식의 과정을 거치면 비바람을 불러올 수 있다고 전해지는 도술이다.

사람들이 사방 모서리에서 노를 젓는다. 강을 따라 늘어서 있는 조각루 아래 정박한 밝은 황색의 거대한 배는 선미가 2장이나 높이 솟아 있다. 작은 배가 그 아래로 지나면서 고개를 들어 바라보면 마치 커다란 저택처럼 느끼게 한다(그곳에는 금칠로 복(福)이나 순(順)이라 글자가 쓰여 있다). 이곳이 바로 내가 떠올릴 때마다 감상에 빠지는 천저우(辰州)다.

천저우에 이르기 전 30여 리부터 양안의 산봉우리는 낮아진다. 더 이상 벼랑이나 산봉우리들이 하늘을 찌를 듯 가파르지 않고 검푸른 빛과 담녹색 사이의 구릉을 이룬다. 산세가 비교적 완만하고 강 물결도 많이 부드러워진다. 양쪽 기슭으로 집들이 갈수록 많이 보이고 곳곳에 죽순대들이 숲을 이루고 있는 것이 보인다. 산봉우리에는 눈이 없다. 아직 태양이 솟아오르지 않아 날씨는 한랭 건조하지만 하늘은 맑고 환하다. 바람 따라 돛을 움직이는 작은 배는 상행하면서도 무척이나 편안해 보인다.

오늘은 적어도 여울목 셋과 길고 긴 급류 하나를 건너야 한다.

배는 9시쯤 되었을 때 첫 번째 여울목에 들어섰다. 흰 파도가 달리는 말처럼 급히 내 옆을 내달리다 어질어질 질겁한 상황에서 배를 여울 안으로 몰아넣어 버렸다. 여울 속에 들어갔다 해도 작은 배들은 별문제가 없었다. 늘 해온 대로 대처하면 됐다. 하지만 큰 배는 상황이 달랐다. 여울 가 모래톱에 큰 배 4척이 하얀 파도가 치는 큰 바위 위에 비스듬히 걸려 있었다. 그 위험한 지경에서 벗어날 방법이 없어 보였다. 그중 화물선 한 척은 어제부터 움직이지 못한 모양이었다. 많은 뱃사람들이 물가 자갈 위에 천막을 치고 머물면서 물에 젖은 화물들을 펴서 말리고 있었다.

내가 탄 배가 첫 번째 여울을 지나쳤을 때 큰 화물선 한 척이 보였다. 마침 여울 가 격류 속 낮은 모래톱에 걸려 있었다. 벌거벗은 뱃사람 한 명이 물속으로 뛰어드는 것이 보였다. 물속에서 등 어깨 힘으로 배를 움직여 보려 했던 모양이다. 그러나 물에 뛰어들자마자 급류에 휩쓸려 버렸다. 노호하는 파도소리 속에서 강기슭에 있던 사람들이 강변을 따라 쫓아오며 외치는 소리가 들렸다. 물에 휩쓸린 그 사람도 몇 마디 대답했다. 유언을 남기는 것이었으리라. 얼마 지나지 않아 사람이 급류 속으로 사라졌다. 그 여울은 아홉 단계로 돼 있다. 그런 일은 뱃사람들에게는 일상적인 일이었다.

배가 두 번째 단계에 들어섰을 때 강물은 산세를 따라 구불구불 흘러갔다. 더 이상 돛을 펴 바람을 이용할 수 없었다. 나는 배의 안전이 걱정되었다. 키잡이에게 돈을 낼 테니 밧줄로 배를 끄는 인부 한 명을 임시 고용하자고 제안하고 노인 한 명을 고용했다. 치아는 다 빠졌고 얼굴 가득 하얀 수염으로 덮여 있었다. 그러나 고대 로마 병정처럼 건장했다. 맨몸바람으로 강가 커다란 청석(靑石) 위에 웅크리고 앉아 일거리를 기다리고 있었다. 양쪽에서 흥정이 벌어졌다. 큰소리로 외치며 서로 욕지거리가 오갔다. 한쪽은 천을 요구하는데 한쪽은 구백밖에 줄 수가 없단다. 고집하는 1백은 은화로 치면 1분 1리일 따름이었다. 저쪽은 천 문을 내지 않으면 결코 일을 해줄 수 없다고 했다. 이쪽은 작은 배라서 그렇게 많은 돈을 늙은이에게 줄 필요가 없다고 했다. 나는 얼마가 됐든 내가 낼 테니 괜찮다고 했다.

내가 탄 배의 뱃사람 세 명은 늙은이와 욕지거리를 주고받으며 배를 급류 속으로 몰아 들어갔다. 배가 출발하자 늙은이도 더 이상 푼돈을 고집하지 않고 급히 청석에서 뛰어내렸다. 시키지도 않았는데 등에 졌던 줄 감은 판자에서 짧은 밧줄을 풀어 배의 대나무 닻줄에 동여매고 허리를 구부려 앞으로 당기며 나아갔다.

배가 안전하게 여울을 벗어나자 노인은 돈을 받기 위해 뱃전으로 왔다. 서로 또 욕지거리를 해댔다. 돈을 받아 챙기고 강가 큰 바위 위에 앉아 처음부터 끝까지 하나하나 셌다. 내가 연세가 어떻게 되시느냐 묻자 일흔일곱이 됐다고 했다. 그 모습은 그야말로 톨스토이다. 눈썹이 그렇게 길고 코도 크고 수염도 많았다. 모든 게 그림 속에서 본 톨스토이 모습과 닮았다. 돈을 세는 활기찬 모습, 나이가 팔십이 다 됐으면서도 생존을 위해 그렇게 노력하고 끈덕지게 살아가는 것이 너무나 인상적이었다. 하지만 뱃사람들이 보기에는 그저 교활한 늙은이일 따름이었다.

배는 여울을 다 벗어나 조그마한 어촌에 이르렀다. 어미 닭이 알을 낳는 소리도 들렸고 강을 마주하고 부르는 사람 목소리도 들렸다. 강 양쪽에 높이 솟은 산이 비취색으로 우리를 맞이했다. 수리를 기다리는 많은 배들이 일렬로 강기슭에 비스듬히 누워 있다. 뱃전에서 계속해서 배를 두드리는 사람이 보였다. 마 가루

와 오동기름으로 섞은 석회로 배 틈을 메우고 있는 것이다. 조그마한 배를 실은 뗏목 하나가 고요히 흐르는 강물 위로 떠다니고 있다. 갑자기 마을에서 폭죽 소리가 들렸다. 날라리와 징소리도 들렸다. 알고 보니 마을에 잔치가 열리고 있었다. 징소리가 울리자 배를 수리하는 사람, 뗏목을 움직이는 사람, 노를 젓는 사람 모두 일제히 하던 일을 멈추고 징소리가 울려오는 곳을 바라봤다.

이 얼마나 아름다운 그림이며 시인가! 그러나 도시의 일상 속에서 빠져나온 사람만이 경이롭다고 느낄 터, 그 외에 어느 누가 이러한 경관을 보고 감상에 젖을 것인가.

오후 2시쯤 되니 내가 탄 배는 타오위안에서 위안링(沅陵)까지 천허(辰河)를 따라가는 노정 중 주요 여울을 다 지나 고요한 강에 이르렀다. 날씨가 맑아졌다. 해가 머리를 내미니 강 양쪽 낮은 산등성이가 연옥색을 발했다. 시후(西湖)처럼 산수가 수려하며 우아하고 아름답다. 배는 천저우에서 10리밖에 떨어져 있지 않았다. 짐작건대 얼마 더 가지 않아 백탑(白塔) 아래 이르면 조그마한 여울을 만날 것이다. 산모퉁이를 끼고 돌면 세관에서 펄럭거리는 깃발이 보일 것이고.

두 시간이 더 지나면 배는 강기슭 개펄에 정박할 것이다. 내가 쓴 소설의 그 바이즈처럼 우당탕탕 건널판을 뛰어넘어 강기슭에 올라 곧바로 조각루가 있는 강변 거리로 들어선다면 다시는 배 위에서 웅크리고 눕지 않아도 될 것이다.

뒤쪽 선실에 앉아 문틈으로 비추는 햇볕을 받으며 흐르는 강물을 바라보다 이 강변이 내게 준 묵은 빚을 모두 셈해 봤다. 내가 이 지방을 떠난 지가 벌써 16년이 됐다. 16년이란 세월이 너무나 빨리 지나가 버렸다. 그 세월 동안 벌어졌던 인간사의 변천을 생각하니 한숨이 몇 번이나 터져 나왔다.

이 지방은 나의 두 번째 고향이다. 처음 고향을 떠나 칼과 창을 메고 밖으로 발전을 도모하던 군인들을 따라 생존을 위해 투쟁하다가 발을 멈춘 게 바로 이 부둣가였다. 이곳의 모든 거리, 관아, 상점, 그리고 곳곳에 박혀 있는 노점, 어느 하나 내 꿈속에 나타나지 않았던 것이 없다! 16년 전에 이 강변의 부두가 나를 키웠다. 다양한 인간사를 깨닫게 해 줬으며 내가 여러 가지 환상을 품을 수 있도록 도와주었다. 이제 또 이곳에 오게 되니 옛일을 더듬게 되고 사라져 버린 어린 시절의 꿈을 되살려 보게 됐다.

　도도하게 흐르는 강물을 바라보고 있노라니 갑자기 인생을 깨닫게 되는 것 같다. 동시에 강에서 새로운 지혜를 얻는 것 같기도 하다. 확실히 저 강물은 과거 내게 '지식'을 넘겨줬고 지금은 내게 '지혜'를 심어 준다. 산봉우리의 엷은 오후 햇볕은 내게 감동을 안겨 준다. 강물 밑 둥근 바둑돌 모양의 여러 색깔을 띤 돌멩이도 나를 감동시킨다. 내 마음속에는 아무런 찌꺼기도 남아 있지 않은 것 같다. 밝고 투명하다. 대천세계 자연 만물에 배를 끄는 뱃사람과 조그마한 배들, 그 모든 것들을 깊이 사랑하고 있다, 비할 데 없는 따스한 사랑을 느끼고 있다! 내 감정은 이미 두 번째 고향의 모든 풍경, 색채에 융합되었다. 나는 미미해지고 겸손해진 것 같다. 모든 유생 무생에게 손을 뻗어 조용히 미소를 띠고 말을 하는 것 같다.

　'내가 왔어. 그래. 이전처럼 변함없이 여기 왔어. 우리 모두 원래 모습이라 정말 기뻐. 너, 소똥과 오동기름 냄새가 뒤섞인 자그마한 강변 거리야, 약간은 달라진 모습이 보이기는 해. 내 얼굴도 좀 달라졌지. 하지만, 기쁜 것은 우리가 아직도 서로 잘 안다는 거야. 그래 우린 너무 잘 알아. 바로 우리가 과거에 실제로 너무나 익숙해져 있었기 때문일 거야!'

밤낮없이 오랜 세월 끝없이 흐르는 강물의 돌과 모래, 그리고 강물 위 썩어 문드러진 초목과 부서진 배 조각들이 사람을 쓸쓸하게 만드는 단어를 떠올리게 한다. 나는 '역사'를 떠올렸다. 문자로 쓰인 역사는 다른 시대 다른 사람들이 이 땅 위에서 서로 죽고 죽이는 이야기 이외에 우리가 알아야만 하는 사실들을 더 알려주지 못한다. 하지만 이 흐르는 강물은 수년 동안 한 지역에서 살아간 인류의 애락을 내게 알려 줬다! 조그마한 회색의 어선, 뱃전과 용두에 가득 앉아 침묵하는 가마우지들은 느릿느릿 아래로 흘러간다. 돌로 된 기슭에는 약간 등이 굽은, 배를 끄는 사람들이 걸어간다. 이런 것들은 역사와는 아무런 관계도 없이 백 년 전과 백 년 후에도 지금처럼 변함이 없을 것처럼 보인다. 그들은 충실하게 장엄한 생활을 엮으며 자신이 가진 운명을 짊어졌다. 자신을 위해, 자식들을 위해 끊임없이 이 세상을 헤쳐나간다. 얼마나 빈한하고 간난의 나날을 보냈는지도 묻지 않으며 삶을 엮기 위해서 해야만 하는 어떤 노력도 마다하지 않는다. 그들은 삶의 애증과 득실 속에서 여전히 울고, 웃고, 먹고, 마시는 것을 분담한다. 추위와 더위가 닥치는 것에서 그들은 다른 세상 사람들보다도 사계절의 변화가 엄연함을 느낀다. 역사는 그들에게 아무런 의미가 없다. 그러나 천 년 동안 변하지 않고 기록되지 않은 그들의 역사를 떠올릴 때면 무언의 슬픔에 잠기게 된다.

나는 이 지방의 모든 것은 변하지 않았는데 혹시 내가 너무 많이 변해버렸는지 걱정이다.

배가 세관 앞 잔교 옆에 정박했을 때 세관에서 일을 하는 사람들을 떠올렸다. 나와 같은 낯선 여행객을 보면 배에 올라와 꼬치꼬치 따져 물으며 나를 귀찮게 할 것이 분명하기 때문이다. 그래서 수년 전에 썼던 문학작품 속 나처럼 그 공무원들의 분노를 사지 않도록 세관 사무실로 데리고 갈 때까지 일부러 무시하는 듯이 행동하기로 했다. 나를 세관 사무실까지 데리고 가 그들의 서장을 만날 수 있게 되기를 바랐다! 그리고 그들이 현지 주둔군 여단본부까지 데려가길 바랐다. 그렇게만 된다면 아문에서 지인을 찾을 때까지 여러 가지 번거로운 수속을 피할 수 있었다.

그러나 통관 검사관이 와 버렸다. 얼굴이 넓적하고 허우대가 좋은 먀오족 청년이었다. 검은색 포로 머리에 원반처럼 눌둘 감은 그의 머릿수건을 보니 고향 생각이 났다. 강기슭으로 올라갈 때까지 아무 일 없기를 바랐던 내 계획을 수정할 수밖에 없었다. 그가 입을 떼기도 전에 내가 말을 건넸다.

"친구, 조사하러 왔구먼! 내가 탄 배에는 아무것도 없어, 잘 살펴보라고. 뭐 하나 물어봅시다. 서장 이름이 뭐지!"

먀오족 청년이 배에 올라 내 앞에 서서 선실 내부에 아무것도 없음을 확인하면서 내가 '친구'라고 부르는 소리가 고향 사투리라는 것을 알아차리고는 반가워했다. 어린아이와 같은 말투로 내게 물었다.

"어디 가세요? 어디서 오는 거죠?"

"난 창더에서 왔소. 곧바로 여기까지 온 거죠. 리린(梨林) 사람 아닌가요? 나, …… 서장을 만나고 싶은데!"

세관원이 물었다.

"저는 펑황(鳳凰) 현 출신인데! 서장님을 아세요? 서장님의 성이 천(陳) 씨신데요!"

처음 만난 사람이 알고 보니 내 고향 사람이었다. 나는 반가운 마음에 흥분돼 급히 그를 선실로 들어오라고 하였다. 그러나 청년은 내 옷과 짐들을 보고는 내가 무슨 큰 인물인 것처럼 생각한 모양이었다. 신분이 높을 것이라는 생각에 감히 선실로 들어오지 못했다. 곧바로 천 서장을 만나려면 배를 중남문에 정박하라고 알려 줬다. 말을 하면서 손에 잡았던 분필로 배 덮개에 여행한다는 기호를 표시하고 자신의 배로 돌아갔다.

"편히 가세요!"

청년은 손을 흔들며 뱃사람에게 배를 저으라고 했다. 그러면서 배를 중남문에 세우면 기슭으로 올라가기 쉽다고 알려 주기까지 했다.

배를 몰고 조금 올라가자 재조사하는 곳에 이르렀다. 머리에 검은 포로 둘둘 만 고향 사람이 선실 입구에서 나를 쳐다봤다. 화나게 하면 곧바로 세무서까지 데려갈 것이라 생각하여 이번에는 일부러 무시했다. 그러나 그 세무원은 내가 아무 소리도 하지 않는 기색을 보고는 뱃사람에게 물었다. 뱃사람이 한두 마디 하자 또 손을 내저으며 우리를 그냥 보냈다.

나는 생각했다. 이러면 안 되지. 저들이 저리도 상냥하면 내가 혼자 상상했던 계획이 수포로 돌아가 버리지. 중남문에서 뱃사람이 짐을 들고 성문에서 검사를 받을 때 한두 마디로 아무 문제도 없이 통과되면 재미가 없지 않은가.

나는 오랫동안 고향의 군인을 만나지 못했다. 나는 군인들이 군대에 어떤 관심을 가지고 있으며 책임감이 어떤지를 봐야만 했다. 과거와 현재가 어떻게 다른지 알고 싶었다. 할 수 없이 계획을 변경해야 했다. 배를 동문 아래 부두에 잠시 세우게 하고 나 혼자 기슭으로 올랐다. 내가 내리자마자 배는 중남문을 향해 출발했다. 짐은 사람을 보내 중남문에서 찾기로 했다.

강기슭에 오른 나는 곧바로 강변 거리에 들어섰다. 거리를 지나면서 폭죽을 만드는 점포, 기름이나 소금을 파는 잡화상, 배의 부속품 일체를 사고파는 점포 등 모든 상점들이 내 관심을 끌었기 때문에 천천히 걸었다. 성문에 이르렀을 때는 실망했다. 성문을 지키는 병사가 없었기 때문이었다. 알고 보니 지역이 계엄지구가 아니라서 성문을 지킬 필요가 없어 병사들이 모두 시골로 내려가 주둔한다는 것이었다. 거리에서 군복을 단정하게 차려입은 군인을 만나기는 했다. 그러나 그들에게 문제를 야기할 만한 핑곗거리를 찾을 수 없었다. 모든 것이 16년 전과 다름이 없었다. 단지 병사들이 달라졌을 뿐이었다.

나는 가만가만 성 안으로 들어섰다. 일부러 여단본부로 끌려가 문제가 생기지 않았기에 시간이 좀 이르다 싶었다. 그래서 내 형과 동생이 함께 현지에 새로 지은 '운려(芸廬)' 집에 가보고 싶었다. 새로 마련한 집은 산에 있었다. 외관이 그럴듯한 가옥 대문 앞에 이르러 누가 공사를 하고 있느냐고 일꾼에게 묻고서야 내 형이 그곳에 온 지 3일밖에 되지 않았다는 것을 알게 됐다. 참 희한한 일이다. 만약 그곳에 들러 묻지 않았다면 우리 가족들이 아직도 평황에서 이사 왔다는 것을 모르고 있을 게 아니었던가!

성문을 들어서서 집으로 향하던 중 가장 놀랍고도 기쁜 일이 생겼다. 바로 5년 전 실종돼 어떻게 됐는지 알 길이 없었던 '후추(虎雛)'를 처음 만난 것이다. 녀석은 5년 전 상하이에서 나와 같이 살다가 도망친 후 여태껏 아무 소식이 없었다. 그래서 나는 그가 이미 썩어 문드러져 버렸을 것이라고 생각했었다. 그가 나를 데리고 형 집으로 갔을 때 형은 외출하여 3시쯤에나 돌아올 것이라고 했다. 기다리는 동안 놀랍고 반가운 마음에 그간의 사정을 꼬치꼬치 캐물었다. 자신이 살아왔던 모든 역정(歷程)을 알려줬다. 여덟 살에 돌로 사람을 때려죽인 것 때문에 고향을 떠나온 후 여러 가지 일을 했다는 것을 알게 됐다. 사자춤을 추는 기예단의 조수로도 있었고 토비(土匪)가 된 적도 있었으며 녹차밭 일을 하기도 하다가 마침내 군인이 됐다는 것이다. 상하이 사건 이후 6년 동안 상상할 수도 없는 생활을 하다 결국 군 장교인 내 동생 곁으로 돌아와 '부관 어르신'이라 불리는 당번병 생활을 하기 시작한 것이었다.

형을 만나서 건넨 내 첫 마디가 "우리 후추는 정말 대단한 인물입니다요!"였다. 내 형의 대답이 더 오묘했다.

"대단한 사람이라고? 이 지방에는 저 녀석보다도 더 대단한 사람이 한둘이 아니지."

저녁이 되어 몇몇 청년 장교들을 만나고 보니 형의
말이 사실이라는 것을 알게 되었다.

1934년에 쓰다.

[原載 1934년 6월 天津 『大公報·文藝』 74기]

다정한 뱃사람과 여인

　시계가 7시 40분을 가리키는데도 날은 아직도 어둑
어둑하다. 배를 정박한 곳의 양쪽 기슭의 산이 너무 높
아 강을 이고 사는 사람들은 잠자는 시간이 좀 더 긴 듯
싶다. 뱃사람이 준 음식을 먹고 심하게 설사를 했다. 뱃
사람은 내가 설사한 게 마음에 걸렸는지 미안한 생각에
잠을 이루지 못한 듯했다. 일찍 일어나 이불을 개고 물
끓이고 눈을 치웠다. 뱃사람 둘이 일을 하면서 잡상스

런 말로 욕지거리를 하며 장난을 쳤다. 그들은 날씨 욕을 하다가 뱃사람에게 욕지거리를 했다. 어제저녁 횃불을 밝히고 조각루를 찾아가 가슴이 크고 얼굴이 넓적한 여자와 치근대며 시간을 보낸 것에 대한 질투였다.

큰 뗏목은 날이 밝으면 여울을 건너야 하기 때문에 미리 출범을 준비하고 있었다. 강기슭에 머물렀던 뱃사람들이 잇달아 강으로 내려와 뗏목에서 잠을 청한 뱃사람들과 함께 목재를 나르기 시작했다. 뗏목마다 도끼질하는 소리와 방망이로 탕탕 말뚝을 박는 소리가 울렸다. 조각루에서 잠을 잔 사람들은 여자와 함께 지낸 따뜻한 이불에서 빠져나와 강기슭 바위 사이로 비틀거리며 배로 돌아오고 있었다. 깊은 정을 나눈 여자들이 창가에 기대어 강가 사람들에게 "나중에 또 봐요, 부디 몸조심해요."와 같은 인사말을 전했다. 확실히 저 사람들은 어제저녁 이슬과 같은 정을 나누면서 눈물과 원망을 풀어냈을 것이다. 눈물과 원망이 어떻게 그들의 생활 속으로 비집고 들어왔는지, 생활의 일부분이 됐는지를 생각하면 마음이 잔잔해진다!

첫 뗏목이 이동하기 시작한 것은 대략 8시쯤이었다. 뗏목 사방에서 열 개나 되는 노를 저어 물을 가르면서 앞으로 나아갔다. 뗏목에서 리듬에 맞춰 "어여차" 소리가 이어졌다. 연이어 두 번째 뗏목이 출발했다.

뗏목 위 노 젓는 사람들은 미명 속에서 흑색의 윤곽을 그려냈다. 뗏목 한편에는 붉게 타오르는 불빛이 있게 마련이다. 불너미 옆에는 웅크리고 앉아 쇠 솥에 물을 끓이는 사람이 있을 것이고.

그때 내가 탄 작은 배는 기슭을 떠나 강 상류를 거슬러 올라갈 준비를 마쳤다.

강 아래 정박한 배 하나에서 목이 쉬도록 사람을 부르는 소리가 들렸다.

"니우바오(牛保), 니우바오. 늦었어. 배 출발할 거야!"

한참이나 대답이 없었다. 그래서 또 소리를 쳤다.

"니우바오, 니우바오, 정말 배 떠난다니까!"

조금 지나자 재촉하던 말이 욕지거리로 변했다. 상스러운 말이 터져 나왔다.

"니우바오, 니우바오. 개씨×. 너 이 자식 강가 여자의 ×도 보지 못할!"

조각루에 있던 사내 하나가 처음으로 좋은 꿈을 꾸다가 깨어난 듯 이불 속 아낙네의 팔뚝을 벗어나 벌거벗은 채로 창가로 와 대답을 했다.

"송송(宋宋), 송송. 뭘 그리 소리를 질러요? 아직 이르잖아요."

"이르긴 네 어미 ×이다. 다른 배들은 다 떠났는데, 너 밤새 ×하고도 부족한 게냐!"

"친구, 뭐가 그리 급해? 오늘 바이루탄(白鹿潭)에서 술 한잔 하자고! 아직 일러!"

"이르긴. 흥. 이르긴, 네 어미다!"

"내 어미라고 해. 그러라고."

마지막 구절은 내가 상상한 것일 따름이다. 강변 물 위에 있는 사람이 계속 쉴 새 없이 지껄이는데도 조각루에 있는 사람은 아무런 대답을 하지 않았다. 어쩌면 그때 이불 속에 있던 여자가 '니우바오, 니우바오. 신경 쓰지 마. 춥잖아!'라며 자신에게 오라 했을지도 모른다. 그래서 배에 남아 있는 사람은 상관하지 않고 그저 침대의 따뜻한 이부자리로 들어갔을 것이다.

강변 뱃사람이 중얼중얼 해대는 잡상스런 욕지거리와 물건들을 일부러 내팽개치는 소리만 들렸다. 나는 니우바오가 도대체 어떤 사람인지 확인해 봐야겠다고 생각했다. 강기슭에 있는 그 사람을 만나고 싶었다. 욕을 해대는 배도 상행하기 위해 준비하고 있는 것이 확실한지라, 내가 타고 갈 배의 뱃사람에게 급할 게 없으니 좀 기다렸다가 그 배와 함께 출발하자고 부탁했다.

조금 지나자 뗏목이 대부분 기슭을 떠났다. 하행하는 배들도 낯을 거두고 천막을 쳐 노를 저어 나갔다. 나는 선실에 누워 강 위에서 울려오는 사람 소리와 물살을 가르는 소리와 뱃전에서 울려오는 찌걱찌걱 노 젓는 소리를 들었다. 강기슭 조각루에서 어둑어둑한 공간 속에서 사람을 부르는 깨지는 듯한 여자의 목소리가 음악 중 관악기 소리 마냥 뭇소리보다 크게 울려왔다. 강 위의 여러 소리의 집합은 장엄함과 움직임이 섞여 있어 실로 하나의 성역을 이루고 있다.

나는 선실을 나와 잠시 머물렀다. 날이 밝았다. 눈은 그쳤다. 강 위 한기가 엄습한다. 배와 뗏목들이 하얀 눈을 쓰고 강을 따라 흐른다. 여기저기서 붉은 화염과 하얀 연기가 흐느긴다. 강 양쪽 높은 산은 거인처럼 우뚝 솟아 있고 희끄무레 창백하다. 눈이 쌓이지 않은 곳은 검푸른 색을 띠고 있다. 기이하다 할 정도로 뛰어난 경치가 펼쳐져 있다. 형용할 수 없는 비할 데 없는 아름다움이다.

얼마 지나지 않아 강이 조용해졌다. 작은 배와 작은 뗏목 몇 척만 남아 있을 뿐이었다. 그것들은 아직도 출발할 기색이 없다.

강기슭에 짧은 남색 옷을 입은 젊은 뱃사람이 보였다. 산 중턱 조각루에서 작은 배로 발길을 옮기고 있었다. 내가 탄 작은 배 옆을 지나쳤기 때문에 그의 모습을 정확히 볼 수 있었다. 큰 눈, 넓은 얼굴, 작은 코, 넓은 어깨, 굵직한 팔목에는 커다란 손이 달려 있다(손에는 종려털로 만든 자루가 들려 있는데 무언가가 가득 들어 있다). 길을 걸을 때 어깨가 약간 앞으로 굽이졌다. 여러 가지 상황을 종합하건대 그는 분명 능력이고 힘이 넘치는 뱃사람이 분명했다! 나는 실례를 무릅쓰고 그를 불러 세우면서 말을 걸었다.

"니우바오, 니우바오, 재미있게 놀았나 봐!"

공교롭게도 정말 그 뱃사람은 바로 니우바오였다.

청년이 뒤돌아봤다. 내가 부른 것을 보고 웃었다. 우리 배는 며칠을 같은 장소에 함께 정박해 있었다. 같은 날 닻을 올렸었다. 그런 까닭인지 나는 그를 알지 못했지만 젊은이는 이미 나를 알고 있었다. 몇 가지를 묻자 청년은 부끄러워했다. 자루를 들어 보이면서 웃음 서린 얼굴로 말을 건넸다.

"선생님, 춥지 않으세요? 여기 호두 있는데. 호두 드실래요?"

나는 청년이 호두를 내게 팔려고 하는 것이라 생각했다. 그의 기분을 망치고 싶지 않아 달라고 했다. 기다렸다가 몇 개 사주려고 했다.

자신의 배로 돌아가는 청년의 입에서 기쁨 가득한 노래가 흘러나왔다. 갑자기 세무서 재검사소 근처의 조각루 창문에서 산발한 젊은 여자의 머리가 나타나면서 깨지는 듯한 큰 소리로 강가에 있는 사람을 불렀다.

"니우바오, 니우바오. 내가 한 말, 기억하죠?"

젊은 뱃사람은 조각루를 향해 손을 흔들었다.

"어, 그럼. 기억하고말고! …… 추워! 왜 그래! 빨리 이불 속으로 들어가!"

그도 여자가 창가로 왔을 때 아무것도 걸치지 않았음을 알아차린 것이다.

여자는 자신의 선심을 뱃사람이 알아차리지 못하였다고 화난 기색을 했다.

"나 열흘 기다릴 거야. 양심이 있으면, 꼭 와야 해……."

그녀는 "쾅" 하고 격자창을 내렸다. 여자의 눈은 붉게 물들어 있었을 게 분명하다.

청년은 조각루를 향해 중얼중얼 말을 건네면서 곧바로 배에 올랐다. 그의 배는 자그마한 짙은 갈색의 화물선이었다.

내가 탄 배가 출발하려 할 때 그 젊은 뱃사람 니우바오가 호두 한 봉지를 가지고 왔다. 내게 팔려고 하는 것이라 생각하고 5각 지폐를 꺼내 그에게 건넸다. 청년은 돈을 보고 웃기만 했다. 그는 돈을 되돌려 주고 호두 봉지를 내 손에서 채갔다.

"선생님, 선생님. 내 호두를 사시겠다고요? 안 팔겁니다! 저는 장사꾼이 아니거든요(청년은 손가락으로 조각루를 가리키며 소곤소곤 말했다). 저 창녀가 나를 좋아해서 내게 준 거거든요. 너무 많이 주더라고요. 밤도 있고 말린 고기도 주고. 바보 같은 소리도 주절주절 늘어놓고. 내게 새해를 같이 보내자며 오라 하기도 하고……."

관대함은 천허 뱃사람들의 일반적인 성격이다. 내 돈을 원하지 않으니 가죽상자 안에 놓아둔 엔타이 사과를 네 개 꺼내 그에게 건네주며 물었다.

"설 쇠러 올 건가?"

청년은 히히 웃으면서 고개를 끄덕이고는 사과를 들고 날듯 달려갔다. 나는 뱃사람에게 배를 출발하도록 했다. 내 배가 강 가운데 이르렀을 때 갑자기 강가에서 쉰 목소리로 내지르는 고함이 들렸다.

"니우바오, 니우바오. 어찌 된 거야. 니 어미 ×할 놈. 아직도 안 와. 나 네 조상 삼대를, 끊어버리지……."

좀 있으니 모든 게 침묵 속으로 빠져들었다. 그저 뱃머리에서 강물이 부서지는 소리만 들렸다.

뱃사람의 욕지거리를 들으니 기쁨에 들뜬 다정다감한 젊은 뱃사람이 사과를 얻고는 곧바로 배로 돌아가지 않고 조각루를 다시 찾아간 게 분명했다. 사과를 여자에게 줬을 것이다. 여자에게 사과를 어떻게 얻었는지도 이야기했을 것이다. 이말 저말 하다가 결국 자연스레 여자의 치기 어린 투정을 받아 주었으리라. 그래서 강으로 내려오는 시간을 완전히 잊어버렸을 것이고.

배는 천허 중 가장 여울이 많은 곳에 접어들었다. 물이 깊은 강이 끝나면 크고 작은 여울이 셀 수 없이 많았다. 보름 사이 강물은 여섯 척이나 줄어들었다. 눈이 내린 후에는 바람도 없다. 비교적 작은 배들은 큰 물결을 따라가지 않고도 상행할 수 있지만 강가 얕은 물을 따라가는 것은 무척 힘이 들었다. 강물이 너무 줄어들었고 날씨도 실로 너무 추웠다. 나는 창구에서 욕지거리를 해대면서 급류 중 어지러이 널려 있는 돌 사이로 긴 삿대를 내던지는 뱃사람들을 보면서 이 위험천만한 상황에서도 마음속으로는 다정다감한 젊은 뱃사람을 떠올렸다.

배가 여울을 거슬러 올라갔다. 몰아치는 파도는 배 위의 사람들을 낚아챌 듯 거세다. 물의 흐름이 너무 급하다. 눈앞 여울 하나를 만나 가장 위험한 곳을 건넜다 싶어 다른 삿대를 뽑아 바꿔 잡을 사이 갑자기 또 급류에 휩쓸리는 경우가 많았다. 강물은 크고 깊어 커다란 파도가 강기슭을 치면 조그마한 산 크기의 포말을 이루지만 언제나 사람들에게 온화하다는 느낌을 준다.

강물은 불꽃과 같았다. 지나치다 싶게 열정적으로 시시각각 사람을 낚아채려 했다. 그러면서 자신의 의지대로 모든 것을 이룰 수 있는 듯 보였다. 그러나 희한한 점은 뱃사람들의 격류와 소용돌이를 피하는 방법이 무척 교묘하다는 것이다. 그들은 강물에 의지하여 삶을 엮는다. 강물을 잘 알고 있다. 일반사람들보다도 강물의 무서움을 잘 알고 있다. 그래도 살아가야 하기 때문에 매일 매시간 강물 속으로 뛰어들 준비를 하고 있다. 작은 배가 여울을 거슬러 올라갈 때 어쩔 수 없이 하얀 파도 속으로 들어갈 수밖에 없지만 그럴 때마다 뱃사람들은 무슨 수를 써서라도 하얀 포말 속에서 출로를 찾아낸다.

강폭이 너무 넓고 강물이 얕은 여울을 만났다. 배를 끄는 밧줄이 짧아 어쩔 수 없을 때는 손과 발의 힘으로 삿대를 이용하여 중심을 잡아야 했다. 내가 탄 작은 배는 네다섯 번 급류 속으로 빨려 들어갔다. 뱃머리가 온통 물이다. 급기야 배를 건너편 큰 물결을 이루는 곳으로 몰고 가기 위해 표류하며 강을 건널 때 하얀 파도 속에서 빠졌다 나왔다 하여 배 지붕조차 물바다가 되었다. 또다시 큰 여울을 두 번 건너야 했기 때문에 임시로 뱃사람을 고용해서야 가까스로 기슭에 정박할 수 있었다. 여울을 다 지난 후 뱃사람에게 여울 이름이 무엇이냐고 물었다. 여울 이름은 '마냥탄(罵娘灘 : 욕지거리를 하는 여울)!'이었다. 아버지와 아들이 배를 몰고 갈 때도 노를 저으면서 여러 가지 상스런 말로 욕지거리를 서로 해야만 배를 기슭에 댈 수 있었다.

하루 종일 여울을 건넜다. 나는 급히 달리는 말처럼 뱃전을 스쳐 가는 하얀 파도를 감상하면서 배의 도끼를 이용해 풍류를 아는 젊은 뱃사람이 선물한 호도를 벗겨 먹으면서 생각을 했다. 이 딱딱한 껍질을 가진 과일은 어쩌면 조각루의 여자가 손수 하나하나 따서는 신발 바닥으로 외피를 비비대어 벗겨내고 다시 하나하나 선별하여 종려털주머니에 담았을 것이다. 부서진 갈색 껍질을 바라보니 여자가 건넨 '양심이 있으면 빨리 와'라는 말이 내 귓가에 아직도 울려온다. 이때쯤 젊은 뱃사람은 여울의 급류를 만나 바위에 엎드려 배를 잡아끌고 있을 수도 있고 바지를 걷어붙이고 강물을 건너고 있을지도 모른다. 그러나 분명 조각루 여자의 모든 것을 가슴에 담고 그 따뜻함을 느끼고 있으리라.

하루하루 지나가면 청년과 조각루 여자는 점점 가까워지리라. 열흘이 지나고 설이 되면 늘 그래왔던 것처럼 조각루 문미에는 빨간 전지공예가 붙어 있을 것이고 잡힌 수탉이 *꼬꼬댁꼬꼬댁* 울고 있을 것이다. 수탉의 멱을 따서 문 구석으로 집어 던지면 땅바닥에 날갯짓하는 소리만 들릴 것이고. 솥에 찹쌀을 찌고 김이 무럭무럭 나는 것을 돌절구에 쏟아 부은 후 두 사람이 찧을 것이다. 모든 일을 두 사람이 힘을 합쳐 해낼 것이다. 일을 하면서 낄낄거리며 장난을 치고 선의의 저주가 뒤섞일 터이다. 그래야 정말 설을 쇠는 것이다. 그리고 또다시 부탁과 눈물로 기나긴 나날을 기다릴 것이고, 뱃전에 남아서 기다리는 뱃사람은 욕지거리를 하며 빨리 가자고 재촉할 것이고, 배에서 내리면 다시 호두와 밤, 말린 고기와……

오후가 되니 날씨가 너무 추워 길을 재촉할 수 없었다. 시간은 아직 3시 정도밖에 안 되었는데 배는 정박했다. 배가 정박한 지역은 양쟈취(楊家岨)라 불렀다. 역시 조각루가 있다. 고층누각은 산 중턱에 걸려 있다. 짜임새가 매우 아름답다. 배가 큰 바위 옆에 정박하였기에 어쩔 수 없이 뛰어넘어야 기슭으로 갈 수 있었다. 기슭 조각루 앞 고목 옆에 두 명의 부녀자가 있었다. 옅은 남색 천으로 된 옷을 입고 무엇을 상의하는지 어렴풋하게 이야기를 나누고 있었다. 눈이 많이 녹았다. 산봉우리는 짙은 갈색을 드러내놓고, 먼 산은 심홍색을 띠고 있다. 무척 고요하다. 강가에는 배 한 척 없다. 사람도 없고 쌓아 놓은 땔감도 보이지 않았다. 강가 어느 바위 뒤에서 찰싹찰싹 빨래 방망이질하는 소리가 들린다. 강 건너편에 얘기를 나누는 사람 소리가 들리기는 하는데 어디에 있는지 보이지 않는다.

이런 벽지에 정박하고 보니 나는 심히 걱정이 됐다. 같은 배에 타고 있는 장년 뱃사공은 군대에서 탈영한 적도 있고 남들이 해보지 못한 여러 일들을 겪었던 사람이었다. 하루 종일 배에서 "하루 또 하루 지나가니 가슴이 타누나." 타령을 해댔다. 만일 내 짐 중 샹시(湘西)에서 붙인 편지지와 봉투들을 값어치가 나가는 물건으로 오해한다면 큰일이었다. 삶에 불평 가득한 희문을 노래하다가 생각이 바뀌어 다른 수작을 부리며 내게 '칼국수 먹을래 아니면 훈툰 먹을래?'*라고 묻지도 않고 덮쳐오면 나는 끝장나는 것이다. 두렵지는 않다. 어리석은 사람들이 벌인 일들을 많이 겪은 나는 그런 일들에 대해 뭐 그리 두렵다고 느껴본 적은 없다. 하지만

---

* 강이나 바다를 횡행하던 강도들이 쓰는 말이다. '吃板刀面'은 칼로 칼국수를 만드는 것처럼 육신을 썰어버린다는 뜻이고 '吃混沌'은 시체를 둘둘 싸서 물에 버린다는 뜻이다. '혼돈(混沌)'은 '훈툰(餛飩;떡 이름)'으로 얇은 밀가루 피에 고기소를 넣고 싸서 찌거나 끓여 먹는 음식이다.

걱정은 된다. 만약 저 사람이 어리석은 일을 벌이면 나는 끝장이 나고 저 사람은 도망칠 것이다. 그렇게 되면 현지는 발칵 뒤집힐 것이고 내 고향 군인들이, 현지를 관할하는 내 고향 군인들이 사건을 해결하기 위해 눈코 뜰 새 없이 바빠지게 될 것이다. 그게 걱정일 뿐이다.

나는 니우바오가 탄 배가 쫓아오기를 고대했다. 이곳에 같이 정박하면 강탈당할 일을 걱정할 필요 없고 다정한 인성을 가진 젊은 뱃사람과 이야기를 나눌 수 있기 때문이었다. 황혼이 질 무렵에서야 우편선 한 척이 우리 배 옆에 닻을 내렸다. 오래지 않아 우편선에 타고 있던 젊은 뱃사람이 '훈연'을 먹으러 강기슭에 가겠노라며 돈 좀 달라고 하자, 관리자는 안 된다고 말리면서 언쟁이 붙었다. 청년이 구시렁구시렁 끊임없이 늘어놓는 잔소리만 들렸다. 목소리 기색이 새벽녘의 니우바오와 영락없이 닮았다. 나중에 청년은 버럭 화를 내며 돈 한 푼 없이 강기슭의 조각루로 올라가 버렸다. 한참이 지나도 청년은 돌아오지 않았다. 나는 그가 그곳에서 무슨 일을 하고 있을지 궁금했다. 뱃사람에게 폐 닻줄에 불을 붙여 달라고 했다. 흔들리는 횃불은 나를 배에서 벗어나 조그마한 산길을 올라 강변 거리라 불리는 곳으로 인도하였다.

5분 후 나는 녹색 옷을 입은 우편선 뱃사람과 함께 어느 집 화롯가에 앉아 묵묵히 불을 쬐게 됐다. 앞에는 잣나무 장작이 기름 찌꺼기 마냥 춤추듯 화염을 내며 활활 타고 있다. 간혹 어떤 사람이 발이나 나뭇가지로 휘저으면 아름다운 불꽃이 놀란 듯 사방으로 흩어졌다. 주인은 중년 부인이었다. 그 외 나이 든 부인 둘이 더 있었다. 그들은 젊은 뱃사람에게 여러 가지를 물었다. 강 아래 기름값, 나뭇값, 쌀값, 소금값 등을 물었지만 청년은 산만하게 대답하며 그저 고개 숙여 불더미만 바라봤다. 그의 목덜미와 어깨, 팔에서 성격과 영혼을 알 수 있었다. 모든 게 니우바오와 다를 게 없었다. 나는 청년이 침묵하는 이유를 잘 안다. 우편선 관리자가 그에게 돈을 주지 않아 외상을 하려 했지만 그것도 이루지 못한 것이 분명했다. 시무룩한 청년의 기색이 매력적으로 보였다. 나는 그에게 한턱낼 마음이 있었지만 입을 열지 못했다. 마침내 기회가 생겼다. 문이 열리며 어리다 싶은 젊은 여자가 들어왔다. 머리에는 격자 꽃무늬 천 장식을 하고 담녹색 광목 웃옷을 걸쳤다. 남색 앞치마를 두르고 가슴에는 조그마한 흰 꽃이 수놓아 있었다. 젊은 여자는 양손을 앞치마에 집어넣고 살며시 들어와서는 중년 부인 뒤에 섰다. 거짓 하나 없이 말하건대 그 여자는 나를 깜짝 놀라게 만들었다. 어느 때 어디서인가 그 여자를 만난 적 있는 것처럼 눈이니 얼굴이니 너무나 눈에 익었다. 만약 만난 적이 없다면 분명 꿈속에서라도 봤을 것이다. 아무런 사심 없이 얘기할 수 있다. 그 여자는 그야말로 살아 숨 쉬는 아름다움 그 자체다!

처음에는 그 여자가 이곳으로 온 것은 아무 목적 없이 그저 무료한 시간을 보내려고 온 줄로 생각했다. 강에서 온 손님과 강 하류의 이야기를 나누면서 자신의 외로움을 달래려고 하는 것으로 생각했다. 그러나 한순간 그녀가 다른 일로 온 것임을 알게 됐다. 주인이 앉으라고 해도 앉지 않았다. 그저 반짝이는 눈빛으로 나를 쳐다봤다. 내가 고개를 들어 그녀를 보면 급히 눈을 피하는 것이었다. 뱃사람 앞에서는 부끄러워서 머뭇거려 본 적이 없을 것이다. 그녀의 그런 부끄러워하는 기색이 나를 서글프게 만들었다. 연민을 불러일으켰다. 그 연민의 반은 젊은 여자에게서, 남은 반은 나 자신에게서 비롯된 것이다.

우편선의 젊은 뱃사람이 여자를 보자마자 눈을 크게 뜨고 기쁨에 넘쳐 말을 건넸다.

"야오야오(夭夭), 야오야오. 너 정말 관세음처럼 예뻐!"

여자는 그런 알랑거림에 익숙한 듯 입을 약간 오므리고 웃으며 대답하지 않았다. 조금 있다 조용조용 물었다.

"물어볼 게 있는데. 바이 사부의 큰 배가 타오위안에 도착했어?"

우편선 뱃사람이 대답하자 여자는 조용하게 다시 물었다.

"양진바오(楊金保)의 배?"

우편선 뱃사람이 또 대답했고 여자는 계속해서 이것저것 물었다. 나는 불을 마주하고 그들이 나누는 이야기를 들으면서 마음속으로 한 가지 일을 따져 봤다. 젊은 여자는 우편선 뱃사람과 세밑 연말 강 위에서 벌어지는 일들을 묻고 있지만 마음은 다른 것에 쏠려 있었다. 나는 본능적으로 그 여자가 내게 특별한 관심을 가지고 있음을 느꼈다. 이상하게 생각할 필요는 없다. 특이할 것도 없다. 만약 사람의 심리를 어느 정도 이해하고 있다면 도시에서 고통스럽게 살아가면서 만들어진 하얀 얼굴과 몸에 맞는 보들보들한 고급 옷은 가난한 집 고운 딸들에게 어떤 환상을 심어주는지 잘 알고 있을 것이다. 지금 이 상황에 대해 더 이상 말할 필요가 없는 것이다.

내가 저 우편선 뱃사람처럼 젊었다면 야심과 환상을 가진 젊은 여자는 자신이 얻고자 하는 것을 내게서 뺏어 갔을 것이다. 아마 내가 상상할 수 없는 모든 방법을 동원해서라도. 사실 나는 그들에게 끝없는 동정을 가지고 있었기 때문에 인색하지는 않을 것이다. 그러나 상상해 보라. 만약 저 젊은 여자가 바라는 것이 내자신이라면 내 동정이 오히려 오천 리나 떨어진 곳에서 나를 기다리는 사람에게 고통을 주는 것이 아니겠는가? 나는 웃음이 나왔다.

만약 내가 저 뱃사람에게 돈을 좀 준다면 저 젊은 여자는 그와 밤새 얘기를 나눌 것인가?

어떤 방법으로 저 뱃사람에게 돈을 줘야 겸연쩍지 않게 할 수 있을까 생각하고 있는데 갑자기 젊은 여자가 물었다.

"니우바오가 탄 배는?"

우편선 뱃사람이 탄식을 하며 말했다.

"니우바오 배, 그거? 우리 배와 함께 마냥탄을 건너는데 네 차례나 여울에서 빠져나왔거든. 마지막 배가 여울로 들어서는데 뱃머리를 맡은 동료와 욕지거리를 해대는 거야. 그런데 또 무슨 까닭인지 상앗대를 가지고 치고받고 싸우는 거야. 그러자 배가 또 여울 속으로 빠져 들어가는 거야. 형세를 보니 한 사람이 물에 뛰어들지 않으면 둘 다 물에 빠지게 생겼더라고."

누군가가 물었다.

"왜?"

우편선 뱃사람이 분개하듯 말했다.

"뭐 그 ×이 아니면 뭐겠어!"

듣고 있던 사람들이 그 말을 듣고 웃음을 터뜨렸다. 그 젊은 여자는 길게 한숨을 내쉬었다.

갑자기 강변 거리에서 늙은이가 째지는 목소리로 불렀다.

"야오야오 쌍년. 이 갈보. × 파는 년. 어찌 된 거야. 그 두 쪽 × 끼고 눈 깜짝할 사이 어디로 내뺀 거야! 안 와……!"

젊은 여자는 문밖 거리에서 자신을 부르는 소리를

듣고, 입술을 오므리며 아름답고 귀여운 모습을 하면서도 화가 치민 듯 혼자서 중얼거렸다.

"노새 부르듯 부르네. 멋대로 불러봐. 야오야오 쌍년은 다른 놈이 낚아채 갔다! 강가에 목매러 갔다!"

아랫입술을 깨물며 미련이 남은 눈으로 나를 쳐다보고는 문을 열고 찬바람 한 줌 남기고 훌쩍 떠났다. 어둠 속으로 사라졌다.

우편선 뱃사람이 여자가 떠난 대문을 바라보며 중얼거렸다.

"젊은 년들이 늙은 아편쟁이 첩이 돼야 한다니. 하늘이나 알 노릇!"

사람들이 방금 떠난 젊은 여자에 대해 이야기를 했다. 주인인 중년 부인은 그 여자가 열아홉 살밖에 되지 않았는데 오십이 넘은 늙은 군인이 차지하게 됐다고 알려줬다. 늙은 군인은 아편쟁이로 그녀를 차지하고 있지만 돈이 있고 땅이 있는 사람이라면 아무하고나 잠자리를 같이하게 한다는 것이었다. 여자는 나이가 젊어 돈에는 아무런 관심이 없고 그저 멀리멀리 떠날 생각만 한다는 것이다. 집주인이 내게 들려준 멀리멀리 떠나고자 한다는 말뜻을 되짚어 봤다. 이전에 내가 느꼈던

진실을 떠올렸다. 호기심을 가질 만한 것이 없는 환경 속에서 살아가고 있지만 젊은 여자는 태어나면서 호기심이 충만한 성격을 가지고 있었다. 늙은 아편쟁이는 자신의 신분으로 그녀의 육체를 얽어매고 있지만 결국 그녀의 마음을 구속할 방법은 없었다.

특별한 목적 없이 배 한 척이 부두에 정박했는데 공교롭게 그 배에 뱃사람과는 전혀 다른 풍모를 지닌 젊은 남자가 타고 있었으니 야오야오는 무슨 방법을 써서라도 우연히 나타난 그 사람과 멀리 달아나고 싶었던 마음이었음에랴!

집주인의 말을 듣고 있자니 그 젊은 여자에게 관심이 더 생겼다. 나는 그녀에 대해 더 알고 싶어 계속 얘기해 달라고 했다. 글로 표현할 수 없는 많은 일들을 알게 되었다. 그러다 운명에 대한 얘기가 나오자 집주인은 침묵했다. 모든 사람이 침묵 속으로 빠져들었다. 사람들은 활활 타오르는 장작불을 바라보며 마음속으로 '운명'이란 단어의 뜻을 음미했다. 마치 아픔을 느끼고 있는 것 같았다.

나도 침묵 속에서 '인생'의 고통을 체험했다. 내가 그 젊은 여자를 위해 해줄 수 있는 것이 아무것도 없었다. 그리고 우편선 뱃사람에게 돈 건넬 생각도 하지 않게 되었다. 그들의 욕망과 비애에 성스러움이 담겨 있음을 느꼈다. 돈이나 다른 방법으로 그들의 운명 속으로 배어들 자격이 나는 없다. 그런 행동은 그들이 살아가면서 존재하는 슬픔과 기쁨을 더 뒤죽박죽되게 할 따름이었다.

배로 돌아올 때 강변에서 「십상랑+想郎」*을 부르는 소리가 들렸다. 곡조는 그리 세련되지 않았으나 목소리는 청아하여 아름다웠다. 누가 부르고 누구를 위해 부르는 것인지를 알겠다. 강가 찬바람 속에서 한참을 우두커니 서 있었다.

1934년에 쓰다.

[原載] 1934년 7월 7일 天津 『大公報·文藝』82기]

---

* 하나에서 열까지 세면서 부르는 민가다. 하나는 부모를 생각하고 둘은 형제를 생각하는 방식이다. 그중 여덟 번째를 소개하면 다음과 같다. "여덟이라 내 잠자리 생각하나니, 사이좋은 원앙 한 쌍, 베개만 보일 뿐, 임은 보이지 않네, 생각하면 생각할수록 마음 아프고(八想我的床, 一対好鴛鴦. 只見枕头不見郎, 越想越悲伤)." 이것은 민간에서 불리는 소곡이다. 지방 사투리로 부른다. 그 내용은 각각이나 담긴 의미는 삶의 괴로움을 탄식하는 게 일반적이다.

천허辰河의 뱃사람

내가 수달 가죽 모자를 쓴 친구와 헤어지고 혼자 작은 배에 몸을 의지하여 답답하게 지낸 지 열흘이 됐다. 배의 앞뒤 선실은 무척 좁았다. 뱃사람 셋은 낮에는 맡은 바 일을 했다. 욕지거리를 해대며 노를 젓기도 하고 상앗대로 중심을 잡기도 했다. 팔뚝 힘을 이용하여 얼음이 언 한기 속에서 배를 저어 나갔다. 어떤 때는 젊은 뱃사람이 강기슭에 올라 배를 끌기도 했다. 배 앞뒤에서 흠뻑 젖은 밧줄을 끌어야 했다. 내가 선실 밖으로 나가 구경하며 서 있는 것은 그들에게 불편만 줄 따름이었다. 그래서 나는 선실에서 웅크리고 드러누워 가만가만 물소리와 배 위 뱃사람들의 욕지거리를 들으며 하루하루 보냈다.

원래 계획대로라면 이번 여행은 왕복 28일이 걸리는 노정이었다. 여행 중 22일은 배를 타야 했다. 도중에 생각지도 않은 문제가 발생한다 해도 4·5일만 더 가면 됐다. 처음부터 수달 가죽 모자를 쓴 친구가 들려준 "배 여행은 날짜를 계산하지 말며 싸움 구경은 하지 말라."는 격언을 기억하고 있기 때문에 배가 하루 동안 얼마를 가야 할지 얼마만큼 왔는지, 그리고 얼마를 더 가야 하는지에 대해 한 번도 묻지 않았다.

뱃사람들이 "출발해야 한다."고 하면 출발하였고 "이런 개 같은 날씨에는 갈 수 없으니 불을 쬐며 쉬어야 한다."고 하면 어떤 토도 달지 않고 그들 말에 따랐다. 날씨는 실로 너무 추웠다. 상앗대와 노에 얇은 얼음이 얼 정도였다. 내 호주머니에는 타오위안 현의 작은 배를 관리하는 선주가 친히 써준 '열흘 이내 보증'이라는 보증서가 들어 있었다. 그러나 날씨가 이리도 좋지 않은데 보증서대로 키잡이에게 기간 내에 도착하라고 요구할 수 있겠는가? 나는 아무 말도 하지 않았지만 남아 있는 날짜를 마음속으로 계산해 보고 조급해졌다.

세 명의 뱃사람 중 한 사람이 내 약점을 간파한 모양이었다. 그리고 또 다른 약점들도 가지고 있다는 것을 확신하여 양쪽 다 손해 볼 것 없게 생각할 방법을 구상해낸 것 같았다. 그 뱃사람이 말했다.

"선생. 조급한 모양입니다. 그렇죠? 날씨 탓할 필요 없어요. 지금 내리는 것은 눈이지 칼은 아니잖소. 우리처럼 배 모는 사람들은 운명적으로 배를 모는 것으로 결정된 거지. 하늘에서 칼이 떨어진다 해도 일은 할 거요!"

내가 앉은 자리는 선미를 마주하고 있었다. 키를 잡고 있는 뱃사람이 마침 다리를 벌리고 두 손으로 키를 잡고 있어 사람 인(人)자 자세로 나를 향해 서 있었다. 어제 배가 운행 중 바위틈 사이에 낀 적이 있었다. 세 사람이 죽을힘을 다했으나 어찌해 볼 도리가 없는 지경이 돼 버렸다. 그러자 키잡이가 날씨에 대해 욕지거리를 해대며 바지를 벗어 던지고 물속으로 뛰어들었다. 그 일을 떠올리니 어쩔 수 없이 한숨만 나왔다. 내가 말했다.

"날씨 정말 나쁘구먼!"

그는 내가 눈살을 찌푸리는 것을 보고 웃었다.

"날씨 나쁜 건 아무것도 아니지요. 선생이 우리를
재촉하느냐 않느냐가 문제인 거죠. 빨리 갈 생각이 있
다면 우리가 방법이 있기는 한데!"

나는 원망하는 표정으로 말을 했다.

"빨리 가지 않고 이런 날씨에 강에서 생고생을 하
고 싶은 사람 누가 있겠어요? 방법이 있다면 무슨 방법
인지?"

"날씨가 추우니 우리 손발도 꽁꽁 얼고. 저녁에 술
한잔 대접해 보셔요. 혈맥이 잘 통하여 배가 강 위를 날
아갈 테니!"

나는 그 제안이 정당하다 싶었다. 먼저 배를 몰고
나중에 술을 마시자거나 어떻게 혈맥이 살아 움직이게
되는지 이유를 캐묻지도 않고 즉시 대답했다.

"좋습니다. 우리 배가 날아만 간다면야. 마시고 싶
은 거 내가 다 사드리리다."

배는 뱃사람 세 명의 손에 이끌려 정말 나는 듯 천
허(辰河)를 향해 곧바로 내달렸다. 낚싯배를 만나면 고
기를 샀다. 부두에 다다랐을 때 목이 긴 커다란 조롱박

가득 배갈도 샀다. 강 양쪽에 이어져 있는 산은 모두 짙은 남색이었다. 산봉우리에는 하얀 눈이 쌓여 있고 강물은 옥같이 맑고 푸르렀다. 이런 강을 따라 여행하며 아름다운 물빛을 바라보면서 뱃사람들이 자신에게 맡겨진 일과 먹고 마시는 것에 물불을 가리지 않는 모습을 체험하고 있으니, 쓸쓸함 속에서도 가끔은 나도 모르게 미소가 배어 나왔다!

배를 정박할 때는 정말 고요했다. 모든 소리가 대설 이전에 한기 때문에 응결돼 버렸다. 단지 배 밑으로 물소리만 가만가만 조용조용 흘렀다. 그 소리를 듣는 것은 귀가 아니라 상상일 따름일지도. 뱃사람 셋이 저녁을 먹고 나서 뒤쪽 선실 쇠화덕에 둘러앉아 불을 쬐며 옷을 말렸다.

시간은 아직 5시 25분을 넘지 않았다. 강에서 노를 저으며 노래를 부르던 커다란 화물선도 마침 강기슭에 정박하고 있다. 상앗대로 얕은 물가 바위 위를 때리는 소리와 고함치고 욕지거리를 해대는 사람 소리가 들릴 뿐이다. 그들은 싸우는 것이 결코 아니다. 그저 그렇게 '말하는 것'이다. 그들의 말은 지금까지, 그리고 영원히 지속돼온 잡상스런 단어를 사용하는 것이다. 바로 우리들이 사용하는 표점부호와 같다. 덧붙이는 걸 잊어버리면 뜻이 모호해져 불확실하게 돼 버리기 십상이다. 그런 잡상스런 말을 사용하는 것은 부자지간, 형세시산도 마찬가지다. 그러나 그렇게 다듬어지지 않은 야인들이 쏸차이(酸菜)나 역겨운 고기를 먹으며 욕지거리를 하는 입으로 기쁨에 겨워 노래를 부르기 시작하면 뭐라 형용할 수 없는, 정말 사람을 감동시키는 아름다운 노래가 된다!

큰 배가 기슭에 정박을 마치자 배 위에서 고함이 들린다.

"진꾸이(金貴), 진꾸이. 강가로 ××하러 가자!"

그러자 오징어와 다시마가 실려 있는 화물칸 사이에 있던 진꾸이라는 이름을 가진 뱃사람이 쉰 목소리로 대답했다.

"너나 ××하러 가. 난 안 가. 너 어미 ××××년 널 기다리고 있잖아!"

나와 같은 배를 타고 있는 뱃사람들이 묵묵히 불을 쬐며 옷을 말리다가 그 대화를 듣고 동시에 웃음을 터뜨렸다. 그중 한 사람이 방금 나눈 대화의 어투를 따라

하며 말했다.

"××가. ×할 년의 ×. 대낮에는 개처럼 여울 위를 기어 다니다가, 저녁에 쾌락에 빠져!"

다른 뱃사람이 말했다.

"칠남아. 네가 강기슭으로 오르고 싶으면 선생에게 2각을 빌려서 거기 갔다 와!"

몇 사람이 계속 말을 했다. 산전수전 다 겪은 아낙네들의 몸매에 대해서 또 알려지지 않은 일들에 대해서 말하기 시작했다. 희비가 엇갈리는 다듬어지지 않은 여자들 이야기를 들으면서 나는 깊은 감동을 받았다. 더 이상 혼자 선실에 앉아 있을 수 없었다. 나는 쇠화덕 옆으로 건너가 그들과 함께 불을 쬐었다.

그 무리에 끼어든 후 나이가 들었음 직한 뱃사람에게 물었다.

"키잡이 아저씨. 내가 25원으로 이 배를 전세했는데, 한 번 배를 띄우면 아저씨는 얼마 가져가죠?"

"내가 얼마를 가져 가느냐고? 선생! 난 이 배 주인이 아니잖소. 난 매년 25원에 고용된 키잡이라우. 한 달에 2원 30전 정도 받지. 셈 해보서, 내가 한 번에 얼마를 가져가는지!"

다른 뱃사람에게 물었다.

"그렇다면 친구, 뱃머리를 조절하면서 얼마를 받소! 배 몰이에 없어서는 안 될 텐데. 설마 1년에 25원 정도는 아니겠죠?"

칠님이라 불리는 사람이 말했다.

"상행할 때 2원 60전 받고, 하행할 땐 밥만 얻어먹어요!"

"그렇다면, 당신은? 내가 보기엔 아직 기술이 숙달되지 못했는데! 어제 하마터면 물에 빠질 뻔했는데. 많이 먹어야 몸이 튼실하게 자라지!"

질문을 받은 젊은이는 억지웃음만 지었다. 키잡이가 그를 대신해 말했다.

"선생. 많이 먹으라고? 소문을 듣지 못했는가 보죠? 이 녀석 술떡같이 생겼지만 사실 먹는 일밖에 모른다오. 상앗대 질이나 밧줄 끄는 일이나 할 줄 아는 게 하나 없다니까!"

"한 달에 얼마 받지? 한 달에 1원, 그렇지?"

그 뱃사람은 웃으면서 자신에게 말하듯 입을 열었다.

"한 달에 얼마냐고? 하루에 10푼이요. 지어미 ×,

날씨 한번 개 같네!"

나는 마음속으로 계산을 해봤다. 키잡이는 하루에 80전, 뱃머리를 조절하는 뱃사람은 하루에 1전 30푼, 어린 뱃사람은 하루에 1푼 2리. 얼마 되지 않은 이런 돈을 받으며 날씨가 어떻든 상관하지 않고 새벽부터 밤까지 그들에게 맡겨진 일을 쉬지 않고 해냈다. 물에 들어가야 하는 상황이 발생하면 거침없이 물에 뛰어든다. 강기슭 바위틈 사이로 배를 잡아당겨야만 할 때는 주저하지 않고 곧바로 앞으로 나간다. 힘을 써야 할 때는 힘으로 밀어붙인다. 그들은 매일 그렇게 살아간다. 늙어서 더위를 먹거나 이질에 걸리면 빈 배나 태양 아래 쓰러져 죽으면 한 생명이 끝나는 것이다. 이 강에는 적어도 10만이 넘는 사람들이 이러한 삶을 살아가고 있다. 이런 생각을 하니 한숨이 저절로 새어 나온다.

"키잡이 아저씨. 이 강에서 몇 년 동안 배를 몬 거죠?"

"내가 올해로 오십하고도 셋. 열여섯 살부터 배를 타기 시작했고."

37년의 경험, 7백 리나 되는 강, 물이 불고 줄어드는 변화 속에서 얼마나 많은 여울과 강물과 부두와 바위를 지났던가. 그렇다. 비교적 커다랗고 잘 알려진 바위에 대해 이 사람은 그것들의 이름과 거기에 얽힌 이야기들을 어느 하나 모르는 것이 없을 것이다! 37년 동안 배를 몰면서 아직 혼자 산다. 경험과 힘을 팔며 매일 80전의 돈을 받으며 상불을 따라 흘러다녔다니, 얼마나 특이한 사람인가!

"뱃머리 일을 보는 친구, 당신은? 몇 년 배를 몰았소?"

"옛날 셈으로 난 올해, 서른하고도 한 살이 됐소. 배에서만 5년, 군대에서 5년. 난 도망병이요. 7월에 구이저우에서 탈영했소."

이 뱃사람을 보니 튼튼하고 억센 모습이 실로 병사가 어울림 직했다. 다듬어지지 않은 야성이 넘치고 활달한 것이 군인을 닮았다. 키잡이는 나이가 들어 눈이 침침해졌고 젊은이들처럼 그렇게 손발이 민첩하지 못했다. 어린 뱃사람은 나이가 너무 적어 모든 일이 서툴렀다. 그렇기에 배에서 가장 중요한 사람이 바로 이 사람이다. 어제 배가 여울에 들어설 때 어린 뱃사람이 상앗대를 바꾸는 게 늦어 상앗대에 쓸려 급류 속으로 빠져들려 할 때 이 사람이 한 손으로 상앗대를 지탱하고 다른 한 손으로 어린 뱃사람을 잡고서 배에 올라올 때까지 놓지 않았다. 배에 올라온 어린 뱃사람은 온몸이 흠뻑 젖은 채로 놀라기도 하고 화도 치밀어 돛대를 붙잡고 엉엉 울었다. 그러자 이 사람은 잡상스런 욕을 해 대며 급히 면 홑바지를 벗어서 어린 뱃사람에게 건네 갈아입게 하였다. 이 배에서 그가 가장 성깔이 있으면서도 귀여운 구석도 유별났다.

어린 뱃사람이 물에 빠진 뒤 구출된 후의 모습과 함께 나이가 좀 든 뱃사람이 홑바지를 벗어 넘겨 갈아입게 하고는 벌거벗은 상태로 차가운 공기 속에서 배를 모는 기백을 떠올리니 내 마음속에 형용할 수 없는 감동이 밀려왔다. 나는 어린 뱃사람에게 웃음을 머금고 말했다.

"어린 친구, 너는?"

뱃머리를 관장하는 뱃사람이 웃으며 말했다.

"저 녀석이요? 그저 먹고 우는 거. 자신이 잘못해놓고는 욕해 대는 거. 그리고 '너, 나 모욕주기만 해봐, 칼 가지고 죽여 버릴 거야!'라고 바보 같은 소리나 하는 거. 너 칼 가지고 와서 내 ×× 잘라봐. 어르신은 네 칼을 보기도 전에, 네가 무섭거든!"

어린 뱃사람이 말했다.

"내가 울든 말든, 상관없잖아!"

뱃머리를 관장하는 뱃사람이 말했다.

"상관하지 않을게. 너에게도 네 운명이라는 게 있는 것! 물에 빠진 게 뭐 대수라고. 울긴 왜 울어? 내가 아랫도리를 벗어주지 않았더라도 저 선생이 모포를 건네줬을 거라고. 널 얼어 죽게 두지 않아! 열대여섯 살이나 처먹은 게. 명도 길고 ×털도 난 놈이, 걸핏하면 울어. 창피하지도 않아!"

말하는 도중에 인근에 있는 배에서 뱃사람 하나가 즐겁게 여자 같은 좁은 목소리로 노래를 부르며 횃불을 들고 기슭을 올라 산 중턱에 걸려있는 조각루에 회포를 풀러 갔다.

내가 말했다.

"친구, 강기슭에 놀러 가고 싶지 않아? 가고 싶으면 가도 좋소. 나 얼마 되지는 않지만 돈 좀 가지고 있어서. 몇 전이면 돼? 너무 힘들잖소. 내가 한턱 쏘지!"

키잡이가 내가 한턱낸다는 말을 듣고는 급히 꼬드겼다.

"칠남아, 네가 가라. 선생이 한턱낸데. 네가 가라.

선생이 돈을 준데!"

그는 킥킥거리며 재밌다고 웃었다. 나는 그 행동이 무엇을 의미하는지 알아차려 5각 지폐를 넘겨줬다. 어린 뱃사람도 재미있어 하며 그를 위해 폐 닻줄에 불을 붙여 횃불을 만들어 줬다. 칠남이는 두 뱃사람에 떠밀려 강기슭으로 올랐다. 횃불을 흔들거리며 언덕을 넘어 이윽고 조각루가 있는 곳으로 사라졌다.

그가 떠나자 키잡이는 그에 대해 자세한 얘기를 들려주었다. 그가 11개월 동안 토비(土匪) 생활을 한 적도 있다는 것을 알게 됐다. 그가 낮에 배를 몰며 '이 어르신, 죽는다. 이 어르신, 토비 될 거야'며 독백하듯 혼자 울부짖는 이유를 그제야 이해했다.

나는 속으로 생각했다. 그 사람이 강변 거리 조각루로 갔으니 얼굴이 넓고 큰 가슴을 가진 여인과 침대에서 뒤섞여 희롱하며 뒹굴 거다. 아니면 화롯가에 앉아 배를 모는 사람들과 어울려 불을 쬐며 땅콩을 까먹거나 신 유자를 벗겨 먹을 것이다. 강변 거리는 예전처럼 정육점도 있을 것이고 기름과 소금 파는 집, 아편 피우는 점포, 객점도 있을 것이다. 대쪽으로 짠 둥근 옷 말리는 바구니에서 손을 녹이고 있는 아녀자들도 있어 젊은 뱃사람을 보면 눈짓을 해올 것이다. 관자놀이에 고약을 붙이고 어떤 부끄러움도 없이 추악한 일을 서슴지 않을 것 같은 주정뱅이 코를 한 나이가 든 부녀자도 있을 것이다. 맘에 드는 건장한 젊은 뱃사람이 있으면 집에서 기르는 암탉을 뱃사람에게 줄 것이다! 그 뱃사람이 자신을 싫어하지만 않는다면 말이다. 뱃사람이 법석을 떨다가 한밤중에 배로 돌아와서 다리가 묶인 암탉을 선실 동료들의 이불 위로 내던지면 잠에서 놀라 깬 동료들이 중얼중얼 욕을 해댈 것이다.

"이 난봉, 난봉꾼. 네 ×× 가지고 암탉을 바꿔. 이 어르신이 내일 아침에 칼 가지고 네 × 잘라버린다!"

그러면 냄새나는 이불 속에서 킥킥거리는 웃음소리가 퍼져 나올 것이다. 나는 뱃머리를 맡고 있는 뱃사람의 행위를 생각하면서 그가 강기슭에서 무슨 이득을 얻게 될지는 모르지만 여러 가지 웃음이 터져 나올 일들을 떠올렸다. 그런데 의외로 강기슭으로 올라 간 지 얼마 되지 않아 그는 배로 돌아와 버렸다.

키잡이가 배의 기름등을 켰다. 희미한 불빛이 뱃사람의 기쁨에 넘치는 얼굴을 비추었다. 키잡이가 물었다.

"칠남아. 어떻게 된 거야? 이리 빨리 돌아와. 여자하고 하룻밤 안 지내고!"

어린 뱃사람도 그에게 상스런 말을 건넸다. 그러고 나서 고개를 설레설레 저으며 웃음 머금은 얼굴을 하고 재빨리 달려들어 그의 허리띠를 풀어 제쳤다. 숨저고리에 귤을 숨겨두고 있었다. 허리띠가 풀리면서 선실 위로 쏟아졌다. 어디서 이렇게 많은 귤을 얻었느냐고 물었다. 그는 강기슭에 즐거움을 만끽하러 오른 게 아니었다. 강변 거리를 돌아다니다 조그만 점포에서 앉아 쉬고 있었는데 귤이 보이자 내가 귤을 좋아하는 것을 알고 내가 준 돈으로 귤을 몽땅 사 왔다는 것이었다.

나는 그가 의미가 있는 것 같은 미소를 짓는 것을 보면서 그 자신이 오늘 벌인 일에 대해 비길 데 없는 기쁨을 느끼고 있다는 것을 알 수 있었다. 웃으면서 아무 말도 하지 않았다. 네 명이 귤을 벗겨 먹으면서 그에게 11개월 동안 토비 생활을 했던 경험 중에 재미있는 것이 있으면 이야기해 달라고 부탁했다. 그는 자신의 이야기를 빠짐없이 들려줬다. 나는 정말 신비한 내용으로 가득 찬 교과서를 읽은 것 같았다.

날씨는 마침내 우리가 바라는 대로 맑아졌다. 나는 뱃사람들과 작은 배에서 열이틀을 지냈다.

날씨가 갠 후 배가 목적지에 도착할 때쯤 선실 한쪽에 앉아 맑고 깨끗한 비취색으로 끊임없이 흐르는 강물을 바라봤다. 감개무량했다. 16년 전 이렇게 쾌청한 겨울에, 계곡 안 대나무 숲 속에서 날아온 휘파람새와 화미조가 강 양쪽 검푸른 색 커다란 바위 위에 앉아 햇볕을 쬐고 있었다. 유유자적 아름다운 노래를 지저귀며 불렀다. 내가 배로 가까이 다가가자 함께 대나무 숲 속으로 날아갔다. 16년 동안 대나무 숲 속의 새들은 그렇게 태연자약 변함이 없었다. 강 위에서 배를 모는 사람들도 어리석을 정도로 소박하고 용감하며 인내하는 면에서는 옛날과 별 차이가 없다. 그런데 왜 이런 민족이 긴 세월 속에서 내전을 겪고 독물이나 기아, 수해 등으로 타락과 멸망의 길로 들어서야만 했을까. 그리고 사람들의 생활 습관이나 순박한 원형이 알 수 없는 거대한 핍박으로 상상하기도 힘든 모식으로 변해 버렸는가!

배가 최종 목적지인 푸스(浦市)에 도착했을 때는 오후 4시쯤이었다. 그곳은 과거 번영을 구가하다 해를 거듭할수록 쇠락해져 버린 부두다. 30년 전에 전성기를 누리다가 15년 전부터는 급속도로 쇠락해졌다. 강변 긴 거리에 기름집은 이삼천에 달하는 새 기름 광주리들을 늘어놓고 햇볕에 말렸었다. 강을 따라 청석을 간 부두가 일곱이나 있었다. 그 부두에는 견고하고 높다란 네다섯 개의 노와 선실을 구비한 운유선이 정박했었다. 이외 선박들은 대부분 하류에서 장수(江蘇)소금, 천, 면화와 면사, 그리고 촨쳰(川黔) 변경 사람들에게 필요한 잡화를 운반해 왔다. 촨쳰 접경 지역에서 육로로 운반해 온 주사, 수은, 저마, 오배자 등의 물품은 모두 이곳에서 인도되고 옮겨 실렸다. 목재가 떠내려갈 때는 강의 수면 절반이 뗏목으로 채워졌었다. 현지 시장은 폭죽, 날염포가 출시됐고 살진 사람과 살진 돼지들이 즐비했었다. 강 수면은 유달리 넓고 평평했다. 부두도 매우 깨끗하게 정리되어 있었다.

큰 상점이나 사찰을 보면 이 상업지역이 나날이 쇠퇴하고 있음을 알 수는 있지만 이곳에 들르는 여행자들에게 도시의 규모는 아직까지도 감탄이 저절로 터져 나올 만큼 깊은 인상을 심어준다!

시가지 끝은 강과 이어져 있다. 강 하류는 물이 깊

고 넓으며 상류는 조그마한 여울이 있다. 해가 지고 어스름이 땅거미가 질 무렵, 해는 대지로 빠져들며 하늘에는 저녁 구름이 석양빛에 붉게 물들고 남은 한쪽이 심홍색으로 펼쳐질 때 커다란 화물선들이 내려왔다. 엷은 안개 가득한 강 수면으로 흔들흔들 퍼지는, 기슭에 정박하는 배들의 노 젓는 소리는 정말 어디에서도 들을 수 없는 장엄하고 아름다운 노래가 아니었던가!

그러나 지금 이곳에 도착하여 강을 따라 줄지어 선 부두를 보니 너무 낡았다. 내가 탄 배가 징박한 부두에 배 열두 척이 정박해 있다. 각기둥 모양의 연철을 운반하는 배 한 척과 천시(辰溪) 역청탄을 실은 배 한 척이 화물을 하역하는 것 이외에 다른 배들은 운반할 화물이 없어 여러 날 정박하고 있는 것 같다. 일곱 척 선박의 노 위나 대나무 상앗대 위에 대나무로 엮어 만든 동그라미가 걸려 있는데 '이 선박을 팝니다'라는 표지다.

키잡이와 뱃머리를 관장하는 뱃사람은 강기슭으로 올라갔고 어린 뱃사람만 배를 지키고 있다. 나는 어둠이 내리기 전에 길거리로 나가 쇠락한 지역의 모습을 둘러보고 상점에는 아직도 살진 사람들이 있는지 살펴보고 싶어졌다. 거리에 들어서자마자 내 배의 뱃사람

둘이 상점 문전에서 마른 장작 같은 키다리와 서로 욕을 하고 있었다. 옆 사람에게 무슨 일이냐고 물었다. 들어 보니 키다리는 도축업자였다. 판 고기의 양이 많다 적다 싸우고 있었다. 격분하여 제정신이 아닌 것처럼 큰소리로 욕지거리를 하고 있어 쉽게 말릴 수도 없겠다 싶어 나는 거리 안으로 들어서지 못했다.

배에 돌아와 혼자서 아무도 없는 빈 선실에 앉아 황혼을 바라보며 마음속으로 기이한 일에 대해 생각했다.

"푸스 지역 도축업자도 저렇게 말랐다니. 누구 책임인가? 건강하고 유능한 젊은이들이 이 지역에서 강철을 정련하여 자연을 정복해야 할 텐데 과연 이것을 누가 책임질 것인가?"

짧은 시간에 어떤 결론도 얻지 못하는 것은 어쩌면 당연한 것이다.

1934년에 쓰다.

[原載 1934년 7월 『文學』 3권 1기

샤즈안(상자암箱子岩)

15년 전 혼자 조그마한 이엉지붕을 올린 배를 타고 천허(辰河)를 따라 상행하다 샤즈안(상자암箱子岩)* 기슭에 정박할 기회가 있었다. 청흑색을 띠고 깎아지른 듯 높이 솟은 석벽이 강을 끼고 줄을 지어 높이 치솟아 있

---

* 샤즈안(箱子岩)은 후난(湖南) 성 장자졔(張家界)에 서북부 츠리(慈利) 현 가오챠오(高橋) 향 진평춘(金坪村)에 있으며, 장방형 암괴로 돼 있다. 암괴는 길이 6미터 높이 2미터로 묵처럼 까맣다. 흑피 상자를 닮았다고 하여 붙여진 이름이다.

138

었다. 석양빛을 받아 구워진 듯 오색 병풍처럼 둘러쳐 있었다. 석벽의 중간 허리쯤 백 미터 정도 높이에 틈이 나 있었다. 그곳에 고대인들이 거주했던 유적이 남아 있었다. 틈 사이에는 가로로 거대한 들보들이 무수히 걸려 있었다. 암홍색 장방형의 커다란 목궤들이 들보 위에 변함없이 올려져 있었다. 암벽이 끊긴 빈틈 사이로 초가지붕과 부두가 보였다. 술을 마시기 위해 마을로 들어가거나 강을 건너기 위해 배를 타려면 그 틈을 통과해야 했다. 그날이 바로 5월 15일이었다. 강을 끼고 살고 있는 사람들이 단오절을 지내고 있었다.

샹즈안 동굴에서 가장 아름다운 용선 세 척을 마을 사람들이 끌어다 강 위에 띄워 두고 있었다.

좁고 긴 배였다. 뱃전에는 주홍색 선이 그어져 있었다. 머리와 허리에 붉은 포를 감은 젊은이들이 노 젓기 위해 배에 가득 앉아 있었다. 북소리가 울리는 곳에서 배는 깃이 없는 화살처럼 잔잔한 강 가운데로 날듯 내달렸다. 강 너비는 1리 정도로 양쪽 기슭에서 배를 보면서 사람들이 큰소리로 외치며 분위기를 돋웠다. 호사가들이 뒷산으로 벼랑 위에 올라가 '향채(香菜)' 바이즈 폭죽을 아래로 내던지자 공중에서 터졌다. 폭죽은 오색의 종이 구름 분말을 이뤄 터졌다. 펑펑 터지는 소리가 강 위 배에서 울려오는 북소리와 호응하며 장관을 이뤘다. 역사를 되돌아보게 하여 환상과 감격을 맛보게 했다.

나는 그때 이런 생각을 했다. 이 모든 것들이 얼마나 기이한가! 이천 년 전 초나라에서 쫓겨난 굴원(屈原)이 만약 기이한 분위기에 휩싸여 실성한 듯 이곳으로 쫓겨 오지 않았다면, 그 자신이 이러한 심금을 울리고 혼을 빼놓는 풍경을 목격하지 못했다면, 이천 년 동안 독서인들이 『구가九歌』라는 문장을 읽을 행운이 없었다면, 중국문학사는 지금과 같은 면모를 갖지 못했을 것이다. 기나긴 세월 속에서 이 세상에 얼마나 많은 민족이 영락하며 노쇠하고 멸망했던가. 바로 동아시아 대국이라 불리는 땅에서조차 서북방 사막에서 내달려온 야만족에게 몇 번이나 시달렸던가. 살찌고 우람한 말을 타고 강한 활과 쇠뇌를 손에 들고 짓밟고 가는 곳마다 유린했다! (신해혁명 전야, 묘족 야만인이 뒤섞인 진수 변방에서 토민(土民)들에게 최후의 대규모 학살을 자행한 통치자들이 바로 북방 청조(淸朝)의 종실이었다! 신해혁명 이후 위안스카이[袁世凱]가 황제를 꿈꾸었을 때 2개 사단의 북방민족이 여기에서 단군(滇軍

: 윈난(雲南) 군대과 반년이 넘도록 전투를 벌였다.) 이 지방(묘족들이 사는 묘향)의 모든 것들도 다르지 않았다. 역사 속에서 살육이 끊임없이 자행됐다. 전쟁이 벌어지고 왕조가 바뀔 때마다 민중들은 갖가지 불행한 운명을 짊어졌다. 죽은 자들은 그것 때문에 죽었고 살아난 사람들은 변발을 하라, 두발을 길러라, 핍박을 받았다. 새로운 왕조의 여러 가지 제약과 지배 속에서 생활을 하였다. 그렇지만 골몰히 생각해 보니 여기에서 살아가는 사람들은 근본적으로 역사와는 아무런 관련이 없지 않나, 싶기도 하다. 그들이 생존에 대처하는 방법과 감정을 배출하는 오락을 보면 어쩌면 옛날이나 지금이나 다름이 없고 피차를 구분하기 어려워 보이기 때문이다. 지금 내가 보고 있는 광경이 어쩌면 이천 년 전 굴원이 본 것과 똑같을지도 모를 일이기에.

내 배가 샹즈안 석벽 아래에 정박할 때 부근에는 열 척이 넘는 어선들이 있었다. 어부들도 대부분 용선 경기에 참여하였기 때문에 어선에 남은 부녀자들과 어린이들은 누구 하나 흥분에 들떠 있지 않은 사람이 없었다. 배꼬리에서도 배 지붕 위에서도 고래고래 환호성을 질렀다. 아이들은 너무 흥분한 나머지 자신들이 살고 있는 배를 가라앉히지나 않을까 걱정이 되기도 했다.

해가 다 지고 구름이 하나도 보이지 않게 됐을 때 양쪽 기슭은 점차 온유한 황혼 속으로 사라져 갔다. 양 안에서 구경하던 사람들의 외침노 사그라졌다. 강 수면은 자색의 안개에 휩싸였다. 징과 북소리로 용선의 방향을 감지할 수 있을 뿐 그 외는 아무것도 보이지 않았다. 그러나 암벽 틈 사이로 떠들썩한 사람들의 소리가 들렸다. 어린아이의 울음소리도 들리고 째질 듯한 부녀자들의 고함도 들렸다. 이러한 것들이 어우러져 끝없이 유연한 느낌을 갖게 만들었다.

날은 이미 저물었다. 식사할 때가 됐다. 조금만 기다리면 분명 용선들을 암벽 근처로 몰고 갈 것이다. 석굴 속으로 밀어 넣으면 환호 속에서 단오절이 끝날 것이라고 생각했다. 그러나 한참을 기다려도 징과 북소리는 여전히 강변에서 울려 퍼졌다. 이는 배를 떠나 집으로 돌아가고 싶지 않은 한 무리의 사람들이 있다는 것을 뜻했다.

식사를 마치고 선실 밖을 보니, 이야, 하늘에는 커다란 보름달이 떠 있었다. 달빛 아래 석벽과 수면은 모두 은으로 도금한 듯 분위기가 전혀 다르게 바뀌어 있었다. 암벽 틈의 입구 쪽 부두에는 낡은 대나무 닻줄이나 장작으로 모닥불을 피우고 있었다. 불빛 아래로 하얀 옷을 입은 사람들의 그림자가 움직이고 있는 것이 보였다. 뱃사공에게 묻고서야 용선에 있는 사람들에게 나누어 주기 위해 술과 음식을 배로 옮기고 있다는 것을 알았다. 낮에 하루 종일 배를 몰았던 젊은이들이 배를 저었던 흥이 아직 다 가시지 않고 누구 하나 흥이 깨지는 것을 바라지 않았던 터라 배들이 하나씩 사라지는 것을 보고 몇몇이서 먼저 마을로 올라가 준비해 뒀던 것이었다. 그렇게 배 세 척은 달빛 아래서 한밤중까지 놀았다.

이 이야기를 하다 보니 인류의 언어문자가 불충분하다는 것을 새삼스레 느끼게 된다. 이러한 소리와 정서는 언어문자로 형용할 수 없는 것이다. 오랫동안 대도시에서 살면서 『초사楚辭』를 읽고 마음을 뺏긴 사람들이 달빛 아래 용선경기의 모든 것을 묘사한다는 것은 쓸데없는 노력일 뿐이다. 내가 말하려고 하는 것은 다른 것이 아니다. 내가 이번 강 위에서 깨달은 인상을 마음에 간직한 후부터는 모든 책 속의 감동적인 기록들이 너무나 평범하게 돼 버렸고 어떤 감탄도 느낄 수 없게 됐다는 것이다. 이전에 내가 인류의 어리석음 때문에 자행된 다양한 살육을 직접 보고 난 후 그 일을 서술한 서적을 읽었을 때 아무런 감동을 느낄 수 없었던 것과 같은 것이다.

15년 후 나는 또 조그마한 배를 타고 천허를 따라 상행할 기회를 가졌다. 샹즈안을 경유해야 했다. 나는 그 지방이 내게 준 인상을 복습하고 싶었다. 뱃사공에게 무슨 일이 있더라도 샹즈안에 정박해 달라고 부탁했다. 그날이 12월 7일로 해가 바뀌는 때였다. 햇살 하나 없이 음침했다. 공중의 수증기가 맺혀 눈이 되는 시기로 날씨가 너무나 추웠다. 배가 멈춰 섰을 때는 오후 3시쯤이었다. 암벽 위 자등나무 잎사귀들은 거의 시들어 떨어져 버려 여러 색채가 뒤섞인 얼룩덜룩한 암벽이 더욱 앙상하게 보였다. 절벽 위 높은 곳에 붉은 목궤는 서너 개밖에 남아 있지 않았다. 나머지는 어디로 사라졌는지 알 수가 없다.

배는 암벽아래 동굴 가에 정박하였다. 겨울이라 물이 많이 줄어들어 동굴 입구는 강물에서 이삼 장 이상이나 떨어져 있었다. 나는 석벽의 갈라진 틈새를 이용해 동굴 입구에 올라 용선을 놓아둔 곳을 바라봤다. 옛배는 낡아서인지 아니면 물에 휩쓸려간 것이지 새로 만든 배 네 척이 돌기둥에 묶여 있을 뿐이었다. 뱃머리에 닭 피와 닭 털이 붙어 있는 것을 보니 올해 진수한 것임이 분명했다. 동굴 입구를 빠져나올 때 암벽 왼쪽에 어선 다섯 척이 정박돼 있는 것이 보였다. 늙은 어부 아내 몇몇이 목과 손을 움츠리고 뱃머리에서 찬바람을 맞으며 어망을 손질하고 있었다.

배에 오른 후 이런 모습이 너무 쓸쓸하다 싶었다. 이렇게 떠난다는 것은 옳은 게 아니다 싶었다. 뱃사공에게 암벽 틈새 입구에 사람들이 살고 있는 곳으로 가자고 부탁하였다. 강기슭에 올라 시골 사람들이 새해를 맞이하기 전에 어떻게 지내는지 그 광경을 보고 싶었다.

4시쯤 되니 황혼은 이미 잇대어 있는 산과 나무와 돌의 윤곽을 부식시켜 버렸고 가옥 모퉁이를 차지해 버렸다. 나는 혼자 조그마한 식당의 불 가에 앉아 불을 쬐었다. 아무 말도 하지 않고 활활 타고 있는 마른 나무뿌리를 쳐다봤다. 내 발아래에서 기꺼운 듯 타고 있었다. 탁탁거리는 약한 소리를 내고 있었다. 식당에 사람들이 오갔다. 어떤 이들은 한두 마디 건네고 나가기도 했고, 어떤 이들은 내가 앉아 있는 긴 걸상에 끼여 앉아 잎담배를 피우기도 했다. 어떤 이들은 발을 말리면서 젖은 짚신을 신었던 발을 따뜻한 잿속에 집어넣기도 했다. 사람들의 얼굴을 하나하나 보고 있노라니 고향에 대한 기이한 감정이 생겨났다. 즐거움을 찾는 정직하고 선량한 시골 사람들이 살고 있었다. 고기를 잡기도 하고 사냥을 하기도 한다. 뱃사공이 있는가 하면 대나무 바구니를 짜는 사람도 있었다. 중지에 반들거리는 골무를 끼고 있는 것을 보니 내 짐작이 틀리지 않는다면 내 곁에 앉아 양손을 불에 말리고 있는 사람은 분명 시골에서 옷을 만드는 사람일 것이다. 이들은 단오절 때마다 강에 나가 하루 종일 용선을 탈 것이었다. 평상시에는, 특히 엄동설한에는 이곳 사람들은 운명이 정해진 대로 간단하게 삶을 살아간다. 매일 노를 젓거나 돛을 휘날리는 배들을 보고 석양을 보고 물새들을 볼 것이다. 여타 지방과 똑같이 사람이 하는 일에 득실이 있기 마련이라, 은원(恩怨)과 갈등이 뒤섞일 때는 축하나 복수가 연속적으로 일어나는 걸 피할 수는 없다. 그러나 전체적으로 말하면 이들의 생활은 모두 '자연'과 융화되어 조용히 자신이 처한 곳에서 생명의 이치대로 최선을 다해 살아가는 것이다. 기타 무생물과 같이 그저 해와 달이 바뀌고 계절의 변화에 따라 방출하고 분해된다. 그리고 그런 과정에서 이들은 사람들이 얼마나 보잘것없는지를 세계의 어떤 철학자보다도 더 잘 알고 있다.

이들이 얘기하는 것들을 듣고 있자니 마음이 우울해진다. 자연을 저버리지 않는 이들은 자연과 타협하고 역사에 대해 아무런 부담도 없이 알아주는 사람 하나 없는 곳에서 살아가고 있다. 이와는 다른 사람들이 있게 마련이다. 자연과 전혀 타협하지 않고 갖가지 방법을 동원해 자연을 지배하고 자연의 습성을 위반하며 살고 있다. 그러면서도 사계절의 변화 속에서 똑같이 생명을 다하고 해와 달이 바뀌는 것을 본다. 그러나 후자는 천천히 역사를 바꾸고 역사를 창조한다. 새로운 세월 속에서 옛날의 낡은 모든 것을 소멸시키려 한다. 우리는 어떻게 이들이 '내일'에 대한 '두려움'을 느끼게 만들어 과거 자연에 대해 평화로운 태도를 버리고 새로이 힘을 내어 용선을 저어나가는 정신을 가지고 살아가게 할 수 있을까? 이들은 오락에 열광한다. 그런 광적인 열정은 그들이 방향을 바꾸면 세상의 한 지역을 차지하고 있으면서 더 유쾌하고 더 오랫동안 살아갈 수 있다는 것을 증명한다. 그러나 어떤 방법으로 그런 사람들의 광적인 열정을 새로운 경쟁 속으로 이끌어야 할지는 깊이 생각해 봐야 할 문제다.

절뚝발이 청년 한 명이 호랑이표 새 장등을 손에 들고 있다. 등갓이 반짝반짝 빛나고 흔들흔들 사방을 비추면서 안으로 들어섰다. 많은 사람들이 그를 보면서 소리를 쳤다.

"십장, 돈 많이 번 모양입니다! 장등이 좋네요!"

절뚝발이 청년은 나이가 어렸지만 얼굴에는 말년 고참병 닮은 교활함과 교만함이 묻어나 있어 시골 사람 중 신분이 특히 높다는 것을 알 수 있었다. 등을 나무탁자 위에 올려놓고 의기양양하게 화롯가에 앉았다. 다리를 쩍 벌리고 두 손을 불에 쬐면서 불만 가득 말했다.

"무슨 귀신이 쓰였는지, 운이 좋지 않았어. 모든 게 끝났어."

"뱃사람 칠남이가 많이 벌었다고 말하던데. 우릴

속이려고. 우리가 돈이나 꿔 달라 할까 봐."

"돈 벌었다고. 흥! 당신네들 속일 가치라도 있나? 원금이 7각인데, 타오위안에서 시세가 1원이여. 위아래로 지출하다 보면 화물 220개가 무슨 돈이 된다고. 되는가, 말해 보셔."

그 청년이 계속해서 욕을 섞어 가며 타오위안 뒷강[後江] 아녀자들에 대한 흥미 있는 이야기들을 풀어놓자 주위 사람들이 재미있어 하며 귀를 기울였다. 이야기가 무르익어갈 때 한 사람이 그를 찾아와 말을 했다.

"십장. 돼지 족발이 푹 고아졌는데요. 술도 다 데워졌고."

그는 손을 비비면서 "손님들에게 나눠주세요." 한마디 하고 새로 산 장등을 들고 밖으로 나갔다.

절뚝발이 청년에 대해 얻어들은 바는 이렇다. 청년은 원래 어느 어부의 독자였다고 했다. 3년 전 성도의 모병위원회에서 사병으로 뽑혀 3개월 훈련을 받고 장시(江西) 변방에서 공산당과 전투를 벌였다. 반년 넘은 전투를 겪으면서 같은 분대 병사 중 그 청년만 살아남았다. 소환 명령을 받은 후 신병 보충 때 분대장이 됐다. 3개월 훈련을 더 받고 두 번째로 전선에 배치되었다. 그때 다리 한쪽이 박살이 나 성의 군 병원에서 치료를 받았다. 규칙대로라면 부상한 다리를 톱으로 잘라내야 했다. 천저우 지방 출신이면 모두 다 '천저우 호적'이 되기 때문에 동향 사람들은 다른 지역과는 특별히 분리하기를 좋아하는데 그 사람에게만 서양 방법을 쓴다는 것이 말이 되겠는가? 그래서 그 청년을 병원에서 빼내 와 지방 옛 전통 방식대로 약물치료를 했다. 이상하게 들리기는 하겠지만 신기하게도 3개월도 지나지 않아 다친 다리가 잘라 낼 필요 없을 정도로 치유되었다. 전쟁이 무엇인지 그 청년은 확실히 알았다. 군영의 증명도 얻었고 부상병 위로비도 받았다. 고향으로 돌아온 후 십장이란 명의로 동향 사람들의 찬사도 듣고 부상병이라는 명의로 특별한 장사를 했다. 특별한 장사란 돈을 버는 사람도 있고 범법행위를 하는 사람도 있는 그런 것이었다. 정부도 정식적으로 세금을 거둬들이기도 하고 법령으로 금지하기도 했다. 효수를 당하기도 하고 돈을 벌기도 했다. 다양한 방법으로 수익을 올릴 수 있는 장사였다.

나는 그 젊은 십장의 나이를 알고 싶었다. 그 지방에 유일하게 남아 있는 옷을 만드는 사람의 입에서 그

심장의 나이가 불과 스물한 살이라는 것을 들었다. 옷을 만드는 사람이 덧붙여 말했다.

"그 녀석 일을 보는 안목이 있어. 패기 있게 일도 하고. 한쪽 다리를 절지만 한 달에 한 번씩 창더를 오가면서 먹고 놀기도 하면서도 돈을 잘 벌어. 돈 버는 운이 있어. 두 다리 다 다쳤으면 더 좋았을 거야."

옆에 있던 뱃사람이 끼어들었다.

"무슨 말이에요."

"무슨 말은 무슨 말, 타는 말이지. 홀아비로 사는 가난뱅이는 다리 한쪽을 전다 해도 아무런 도움이 되지 않지. 다리 두 쪽 다 잘린다고 해도 생아편을 팔거나 밀수해서 돈을 벌지 못할게 아냐. 더욱이 타오위안 호우쟝에서 창녀들과 놀지도 못할 거고!"

옷을 만드는 사람이 내뱉은 마지막 우스갯소리에 모두가 웃었다.

배로 돌아온 후 나 혼자 한기 가득한 조그마한 선실에 앉아 손을 꼽으며 그 젊은 십장의 나이를 셈해 봤다. 스물하나에서 열다섯을 빼면 여섯이 남았다. 15년 전 그날 밤의 광경을 모두 떠올렸다. 석양이 붉게 물들었었고, 좁으면서도 긴 주홍색으로 선이 그려진 용선, 쟁과 북소리, 그리고 열정적이면서 흥분에 휩싸인 환호성, …… 더욱이 가까이에 있었던 자그마한 어선 몇 척 위에서 기쁨에 날뛰던 어린아이들. 분명 그중에 오늘 밤에 만난 절뚝발이 젊은 십장이 있었을 것이었다.

아, 역사, 역사란 얼마나 기이한 것인가. 악성 독창이 생긴 사람을 옛날 전통 치료방법으로 독약을 조금씩 발라 곪아 썩게 만들고 다 썩어 문드러졌을 때 다시 약물로 새로운 근육을 자라게 만들었다. 몸도 건강을 회복하였다. 그 젊은 절뚝발이 십장에게서 나는 희한할 정도로 나쁜 인상을 받았다. 하지만 그가 향촌민의 영혼을 썩어 문드러지게 할 수 있는 인물이라고 생각하니 하나의 환상을 떠올리지 않을 수 없다.

20년 전 리저우(澧州) 진수사(鎭守使)인 왕정야(王正雅) 부대에 평범한 마부가 한 명 있었다. 성은 허(賀)요 이름은 룽(龍)*이다. 전란이 일어났을 때 식칼로 산병의 목을 잘랐다. 그리고 20년 후, 세상을 놀라게 한 3성(쓰

---

* 허룽(賀龍 : 1896~1969), 혁명가, 군인. 중국 인민해방군의 창시인 중 한 명. 본명은 허원창(賀文常)이고, 자는 운경(雲卿)으로 후난 쌍즈(桑植) 사람이다.

찬, 윈난, 구이저우)에 집결한 10만의 군대를 이끈 사람이
그 마부였다. 누가 자질구레한 듯 보이는 조그만 그 사
건에 주의하였는가! 누가 인류 역사를 어떻게 무엇으
로 쓰게 될지 상상이나 할 수 있을까!

1934년에 쓰다.

[原載 1935년 4월 『水星』 2권 1기]

장교 다섯과 광부 한 명

여행자들은 잘 모르지만 천허(辰河) 뱃사람들이 자주 하는 말이 있다. 바로 "천하의 모든 길은 다 다닐 수 있어도 천시(辰溪) 나루는 넘기 어렵다."가 그것이다. 사실 천시 나루를 건너는 것이 그리 어려운 일은 아니다. 이 말은 뱃사람들의 견문이 넓지 않아 사방 약 천 리에 이르는 천허와 일곱 지류를 기준으로 해서 생겨난 말이다. 천하가 넓음을 알지 못한 너무 천진한 구호일 뿐이다. 지세가 험하고 사람들이 야만스럽다 싶을 정도로 거친 것은 사실이다. 그러나 이 지역은 여느 계절을 막론하고 언제 와도 온 마음을 빼앗길 수밖에 없을 정도로 아름다운 곳이다.

공교롭게도 천허 현은 두 강이 만나는 교차점에 있다. 조그마한 돌로 만든 성곽은 산을 등지고 강물을 마주하여 하구 기슭 암벽 위에 세워져 있다. 강물의 깊이는 백 미터 정도로 늘 맑아 강 밑이 보인다.

강에는 일 년 내내 샹첸(湘黔) 변경의 각양각색의 아름다운 선박이 오갔다. 산봉우리는 석회암이다. 맑은 날이든 흐린 날이든 생석회를 끓이는 가마 위로 흩날리는 푸르고 하얀 연기를 볼 수 있다. 집들은 거의 검은 기와와 하얀 벽으로 지어졌다. 기와와 서까래가 정교한 도안처럼 촘촘히 연결돼 있다. 집들은 강과 조그마한 산성과 이어져 있어 각기 한 모퉁이를 차지한다. 상류에는 삼각형의 언덕이 있다. 언덕 위에는 배를 만들거나 수리하기 위한 뱃도랑과 넓은 평지가 있다. 하류 쪽에는 삼각형의 흑색 산부리가 강에 인접하여 뾰족이 나와 있다. 산기슭 한쪽은 위안수이(沅水) 급류의 침식을 받고 한쪽은 오랜 기간 마양허(麻陽河) 강물에 씻겨

정교하고 아름답다.

산 중턱에는 휘황찬란한 '단산사(丹山寺)'가 있다. 사찰 밖 암석 사이에는 크고 작은 수천의 부조석불이 놓여 있다. 태평성세에는 매년 명절이나 길일을 맞이할 때마다 현지 주둔군 지휘관과 현 시사, 향신과 상회회장, 세무서장은 배를 타고 사찰에 가 술을 마시며 시를 짓기도 하고 도박이나 장기, 바둑을 두기도 했다. 암벽 중간에 걸려 있는 사찰에서는 상행하는 배의 흰 돛을 조망할 수 있고 하행하는 배들로부터는 노 젓는 뱃사람들의 노랫소리도 들을 수 있다.

시가지 끝에서 아래로 내려가면 강물이 서서히 흐르면서 깊은 연못과 같은 강이 나오는데 '진쓰탄(斤絲潭)'이라고 부른다. 강물이 너무 깊어 명주실 한 근을 다 늘어뜨려야만 강바닥에 이를 수 있기 때문에 그런 이름이 붙여졌다 전해 온다. 양쪽 기슭은 오색 석벽이 병풍처럼 솟아 있다. 강 가운데는 밤낮으로 고기잡이하는 배들이 수백 척이나 떠 있다. 침묵의 검정 가마우지를 가득 실은 배들이 강 수면을 떠다니며 고기를 잡는다. 작은 배들은 조용조용 강을 건너야 하니 어려움과 아름다움이 혼재돼 있다.

이 지역에서는 석탄이 생산된다. 샹시(湘西)의 유명한 석탄 생산지다. 석탄이 없는 곳이 없다. 산 앞뒤에 재래식으로 만들어진 수직 갱도가 널려 있다. 강을 따라 양쪽으로는 석탄 운반선이 늘 정박해 있다. 부두에는 얼굴이 거무스름하고 온몸이 시커먼 남자들이 큰 덩어리의 역청탄을 배까지 운반하여 선창으로 던져 넣는다. 탄광 근처에 가면 부두의 남자들과 똑같이 검은 사람들을 많이 볼 수 있다. 벌거벗은 상태로 허리에는 헤진 포를 두르고 머리에는 등잔을 쓰고 지옥과 같은 검은 탄광을 들락날락거린다. 갱도는 시도 때도 없이 내려앉거나 물이 차오른다. 무너지고 수몰되면 지옥에서 삶을 엮는 사람들은 자연스레 생을 마감하는 것이다.

광구와 산성에는 지역에 적합한 숫자의 군대가 각각 주둔하고 있다. 7년 전 어느 날 저녁에 일어난 일이다. 보초병이 총을 들고 폐기된 탄광 앞을 지나는데 갑자기 어둠 속에서 광부가 뛰쳐나와 부엌칼로 병사의 머리를 잘라 버렸다. 광부는 재빨리 총과 총알을 빼앗은 후 근처 석탄재 속에 감춰 뒀다. 초병의 시신을 꺼먼 물로 반쯤 차오른 탄광으로 끌고 가 수직갱도 속으로 풍덩 소리와 함께 던져 넣었다. 초병이 실종되자 군영에서는 탈영한 것으로 간주하고 지명수배를 내렸다. 2개월 반 정도 흐른 뒤에야 뜻하지도 않게 발견되었다. 그때 병사를 살해했던 광부는 천시와 즈장(洔江) 현 교차 지역의 토비(土匪) 집단에서 대장 행세를 하면서 떼를 지어 남의 집을 털고 재물을 약탈하며 살고 있었다.

3년 후 광부는 이천여 빈민을 이끌고 재빠르게 천시의 산성을 점령했다. 방어군은 상당한 손실을 입고서야 남은 병사들을 이끌고 강 건너 석탄 채광 지역으로 물러나 반격할 준비를 하였다. 하류로 피하지 못한 선박들은 방어군에 의해 억류되었다. 지나다니는 배 하나 없이 강에는 심상찮은 적막만 흘렀다. 강을 오르내리는 상선들은 예외 없이 사오십 리 떨어진 상류나 하류 부두에 정박했다. 가장 아름다운 뗏목도 강에서 볼 수 없었다. 석탄 채굴도 정지됐고 생석회를 끓이는 사람들도 모두 피난했다. 대낮에는 쥐 죽은 듯 고요했다. 간혹 드문드문 초병들이 쏘는 총소리만 들렸다. 해 질 녘이나 동틀 무렵 쌍방이 강을 건너 습격할 것을 염려하여 강가에 불더미를 쌓아 매일 불을 밝히고 기관총을 따다당 쏴댔다. 콩 볶듯 기관총 소리가 반복하여 울릴 때면 산간으로 피난 간 평민들과 빈 기름 공장에 갇힌 광부들은 침묵 속에서 총소리가 나는 쪽을 주시하며 쌍방의 득실을 계산했다. 대다수 사람들은 한 달이 채 되기도 전에 판가름이 날 것임을 잘 알고 있었다. 산속으로 들어가 산적패가 됐던 사람들은 또 깊은 산 속으로 도망칠 것이요 주둔군은 원지를 수복하여 여전히 주둔할 것이다. 하지만 전투가 오래 지속된다면 쌍방의 희생자가 얼마나 생길지 아무도 예측할 수 없는 것이다.

주둔군 쪽에서 기습하려는 선박이 도강하다가 들키면 기관총 소리가 들렸다. 날이 흐릿하고 옅은 안개가 강 수면에 퍼질 해 질 녘, 네다섯 군인들이 짝을 이뤄 선실에 엎드린 채로 물에 젖은 면사와 모래 포대기로 뱃머리와 뱃전을 쌓아올려 조용조용 몰래 도강했다.

침묵 속에서 선박이 기슭에 막 다다랐을 때 밝은 손전등을 가지고 수색하던 사람에게 발각되면 기관총 소리가 울리는 것이다. 그래도 위험을 무릅쓰고 침묵 속에서 강기슭을 향해 배를 몰았다. 조금 더 지나 꽝 소리가 울렸다. 주두군의 배 위에서 던진 수류탄이 초병들이 방어하는 기슭의 방벽에서 터진 것이다. 연이어 양쪽에서 기관총을 쏘아대고 수류탄도 계속 폭발했다.

잠시 후 총성이 멎었다. 상황이 분명해졌다. 지세가 불리하여 맹렬한 포화 속에서 도하하던 병사들이 실패한 것이다. 배와 함께 물속으로 빨려 들어갔을 수도 있고 기슭에는 올랐으나 벼랑에서 희생당했을 수도 있다. 배에 탄 채 포화 속에서 전몰했을 수도 있다. 부상한 병사가 한두 명 있었을 수도 있다. 부상병들은 배에 매달려 하류로 흘러가다가 5리 밖 강에서 자신들이 방어진지를 구축한 기슭으로 기어오를 수도 있었을 것이다.

보름 동안 방어군은 나루터 위아래 3여 리에서 4백여 명 가량 희생당했고 30여 척의 크고 작은 배들이 침몰했다. 나중에 교도단 젊은 학병 다섯 명이 호우 속에서 각각 자동소총과 수류탄, 모제르총을 들고 대나무 뗏목을 이용하여 도강을 감행했다. 기슭에 올라 토비들이 점령하고 있는 연하 중요 부두를 먼저 탈환했다. 뒤따르는 병사들이 뗏목을 이용하여 점령한 곳을 통해 상륙했다. 격렬한 시가전을 벌이다 광부가 이끄는 대열이 더 이상 버틸 수 없게 되자 길거리 공공건물에 방화하였다. 그리고 잔여 인원을 이끌고 현장과 향신 몇몇을 끌고 둥샹(東鄕) 방면으로 도망쳤다. 이후 3개월 동안 주둔군은 계속 추격하여 광부 부대의 모든 세력을 와해시켰고 인질도 구출했다. 그러나 광부 출신 토비 우두머리는 포위망을 뚫고 달아나 현지 당국을 불안케 했다. 나중에 현상금까지 걸고 광부의 종적을 탐문했으나 체포하지 못했다.

　교도단 청년 학병 다섯 명은 당시 졸업 후 대대에서 견습을 하고 있는 중으로 대대에 정식으로 발령받지 않은 상태였다. 모험을 하기로 하고, 자신들의 계획을 설명하여 상사의 허락을 얻었다.

　7일 후 천시와 위안저우 변경 '야오상(窯上)'이란 이름을 가진 지역 벽돌공의 조그마한 식당에서 다섯 명이 식사를 했다. 다섯 명 모두 구이저우 상인 옷차림을 하고 있었다. 그중 네 명은 멜대를 하나씩 메고 있었는데 구이저우 명산 송피지를 담고 있었다.

　한 사람만 뚜껑이 있는 광주리를 짊어지고 있었다. 벽돌공은 나이가 육십이 넘었다. 주둔군은 정보를 통해 그 노인이 광부의 통신 연락원임을 알고 있었다. 식사를 마치고 청년들이 서로 상의했다. 자신들이 하는 이야기를 벽돌공이 들을 수 있도록 하기 위함이었다. 당시 청년들은 구이저우에서 광부에게 몸을 의탁하러 온 사람들로 위장했다. 광주리에서 쌀을 쏟아내자 분해된 체코제 기관총과 약간의 탄알이 나왔다. 광주리는 정말 흥미로웠다! 청년들은 서로 말을 하면서 자신들의 경솔함을 원망했다. 그들이 늘어놓은 거짓말이 늙은 능구렁이의 마음을 움직였다. 벽돌공은 멋쩍어하며 몇 마디를 물어보고, 청년들이 정말로 자신들에게 빌붙기 위해 찾아온 같은 뜻을 가진 사람들이라 믿고는 자신이 점을 칠 줄 안다고 말하며 그들에게 접근했다. 점을 치고 나서 점괘를 푸는 척하더니 사람을 찾고 있다면 서쪽으로 가다 보면 틀림없이 청년들이 만나고자 하는 사람을 만날 수 있다고 했다. 청년들이 식당을 나서 서쪽으로 떠나자 벽돌공은 그 소식을 다른 쪽에 전했다. 상대방이 덫에 걸렸다고 생각하며 양쪽 다 만족해했다.

청년들은 오래지 않아 거리 입구에서 '관리자'를 만났다. 몇 가지 확인하고 광주리 뚜껑을 열어보니 놀랍게도 광주리 속에 기관총이 들어있는 게 아닌가. 관리인은 더 이상 아무런 의문도 품지 않았다. 청년들에게 산으로 올라 '수령'을 만나러 가자고 했다. 피가 담긴 술을 마시며 맹세를 하면 이후 화복을 함께 하고 양

산박의 호걸들처럼 형제가 될 것이라고 했다. 청년들은 "무뢰한은 의심이 많은 법입니다. 언짢아하지 않길 바랍니다."라고 말하면서 야오상에서 '수령'과 만나 맹세를 나누고 함께 산으로 오르는 것이 좋다고 했다. 관리자가 떠난 후 청년들은 야오상 벽돌공 집에서 소식을 기다렸다.

이튿날 흩어진 동료 네 명을 데리고 기지가 넘치고 강건한 광부가 야오상으로 왔다. 청년들을 만난 후 다정하게 얘기를 나누고 의기투합하여 향촉을 사르고 닭을 잡았다. 닭 피를 배갈과 섞은 후 마시려고 할 때 청년들은 재빠르게 몸에서 권총과 보물(머리를 자를 칼)을 꺼내 덮쳤다. 산속에서 나온 표범들은 미처 손 쓸 새도 없이 모두 쓰러졌다. 광부가 맨 먼저 팔뚝과 넓적다리에 총을 맞고 피가 흥건한 땅바닥에 엎드렸다가 다른 사람들이 다 쓰러지자 청년들에게 냉랭하게 웃으면서 말했다.

"형제. 형제. 행동이 잽싸구먼! 좀 늦었으면 이곳에 쓰러진 건 내가 아니고 당신들이었을 거야. 일찍부터 너희 간계를 알아챘구먼. 날 꼬드기러 온 것인지도 잘 알지. 배짱 좋구먼!"

청년들은 아무 말도 않고 묵묵히 바닥에 쓰러져 있는 사람들의 수급을 하나하나 챙겼다. 광부 차례가 됐을 때 그는 아무렇지도 않은 듯 차분하게 말을 했다.

"형제. 형제. 바보 같은 짓 할 필요 없지. 포로로 잡아가서 포상을 받으면 될 게 아닌감."

청년들은 생각했다. 정말 살려서 포로로 잡아가면 더 공을 인정받을 게 아닌가. 아무 대답도 하지 않고 그를 묶었다.

잠시 후 청년들은 부상한 광부를 끌고 늙은 벽돌공에게 잘린 머리 넷을 들게 하여 일렬로 묵묵히 천시현으로 향했다. 천시에서 그리 멀리 떨어지지 않은 바이양허(白羊河)에 다다랐을 때 조그마한 배를 타게 됐다.

배가 천시 상류 약 3리쯤에 다다랐을 때 부상한 광부가 말을 했다.

"형제, 형제. 모든 것이 운명이지. 당신들이 운이 좋았어. 수단이 좋아 좋은 패를 잡게 된 거야. 저 강변 탄광 근처에 내가 모제르총 네 정을 숨겨뒀지. 깨끗이 인정하고 너희를 도우려는 거야. 당신들 중 누가 나와 함께 가서 가져오겠나."

탄광은 산 중턱에서 그리 멀지 않았다. 20분이면

왕복할 수 있었다. 청년들은 그의 제의에 대해 아무런 의심도 하지 않았다. 이미 광부는 중상을 입어 도망가지 못할 것이고 모제르총 네 정이면 시가로 천 원이나 했으니 청년들의 환심을 사기에 충분했다. 누가 같이 가고 누가 배를 지킬지 상의를 했으나 결론을 내리지 못했다. 그래서 다섯 명은 부상한 광부와 늙은 벽돌공을 데리고 함께 강기슭에 올랐다. 폐광 근처에 다다랐을 때 광부가 총을 갱도 왼쪽 석탄재 속에 숨겨 뒀다고 말했다. 몇 사람이 석탄재를 뒤집으며 총을 찾고 있을 때 광부는 폐기된 지 여러 해가 지난 수직갱도 쪽으로 절뚝절뚝 다가간 후 낭랑한 목소리로 조용조용 말을 했다.

"형제. 형제. 미안하네. 나를 이 멀리까지 데려오느라고 수고들 했네!"

말을 끝내자마자 광부는 갑자기 깊은 수직갱도 속으로 뛰어들었다. 청년들이 급히 갱도 쪽으로 달려갔을 때는 풍덩 소리만 들려올 뿐이었다. 그 광부는 그렇게 끝을 맺었다.

청년들은 멍하니 오랫동안 서 있었다. 한참 욕을 해

댔지만, 한 번 속은 것으로 모든 것이 수포로 돌아갔다
는 것을 알았다. 폐갱의 깊이는 약 40미터 정도였는데
절반 정도 물이 차 있었다. 7년 전 초병도 바로 그 광부
에 의해 갱도 속으로 던져졌던 것이다.

1934년에 쓰다.

[原載 1934년 7월 『國聞周報』 11권 29기]

옛 친구

루시(瀘溪) 현이 생각날 때마다 내 추억 속엔 온통 뱃사공들의 노 젓는 소리로 가득하다. 그리고 내 인상 중에 자리 잡은, 잔잔히 내리던 그 가랑비는 지금도 내 마음을 아련하게 만든다. 그곳은 내 인생에 중요한 부분을 차지하는 곳이다. 고통을 주기도 하고 즐거움을 주기도 한다.

루시현은 천저우(辰州 : 위안링[沅陵])와 푸스(浦市) 진의 경계선에 있다. 위로는 푸스와 60리 거리, 아래로는 천저우와 60리로 교묘한 거리를 두고 자리를 잡고 있다. 사면이 산으로 둘러싸여 있다. 강을 마주 보고 높은 산들이 강가에 바싹 다가가 벽같이 우뚝 서서 봉우리들을 들이밀고 강물은 깊은 산골짜기 사이로 흘러내린다. 동허(洞河)와 위안수이(沅水)가 합류하는 곳에 현도가 있다. 작은 배들은 현도 가까이에 정박을 하고 큰 배들은 현도에서 대략 삼 분의 일 리 정도에 정박을 한다(동허는 통상 작은 강이라 부르고 위안수이는 큰 강이라 부른다). 동허는 멀리 먀오족이 살고 있는 묘향(苗鄕)에 그 근원을 두고 있다. 그 하구에는 일 년 내내 50여 척의 자그마한 흑색 동허선들이 정박을 한다. 배를 부리는 이들은 격자무늬의 머리띠를 두르고 허리에는 짧은 치마 모양의 옷을 두르는 체격이 작지만 민첩하고 용감한 화파(花帕) 먀오족들이다. 하얀 얼굴에 청수함을 지닌 마을 사람들은 말을 할 때 온화하고 우아한 태도를 보인다. 특히 노래를 잘하고 즐겨한다.

동허는 물 흐름이 급하고 산이 높다. 강굽이가 심해 상류로 올라오는 배들이 거기서부터는 더 이상 바람 힘으로 배를 몰아가기가 불가능해진다. 동허로 들어선 모든 배들은 이곳에서 돛단배들을 하나로 얽어매어 구별할 수 있는 기호로 표시하고는 마을 점포에 맡겨두었다가 적재한 화물들이 하류로 내려올 때서야 찾아간다. 천저우에서 출발한 위안수이 상선들은 60리를 한 정류장으로 삼기 때문에 루시현에 정박하는 것이 일반적이다. 푸스에서 하류로 내려오는 배들도 당일 시간에 맞춰 천저우에 당도하지 못하면 대부분 이곳에서 밤을 새운다. 그러나 위아래 두 도시의 부두에서 상업을 다 선점해 버렸기 때문에 몇몇 선박이 매일 이곳에서 정박을 한다 해도 작은 현도의 부두는 한산하기 그지없다. 강변 쪽 어디에도 그럴듯한 청석 부두 하나 없었다. 선박들이 정박하는 곳은 모두 진흙 톱과 진흙 둑이었기 때문에 보슬비가 내리면 배를 오르내릴 때마다 얼마나 많은 사람이 미끄러져 넘어져야 했는지 모른다!

17년 전 7월에, 난 '붓을 내던지고 종군한다'는 기개로 '세력가' 겸 '보안사령관'의 인솔 아래 800명의 향친들과 함께 까오춘진에서 징발한 30여 척의 크고 작은 배를 타고서 강을 타고 흐르고 흘러 이곳에 이르렀었다. 기슭에 정박했을 때는 마침 저녁 무렵이었다.

석양이 짙은 자줏빛 산을 황금색으로 한 겹 도금하고 있었고 애벌칠을 한 듯한 엷은 안개가 강수면 위로 흐르고 있었다. 배를 물가에 댈 때 뱃사공들은 늘 해왔던 대로 뱃노래[促櫓長歌]를 불러제끼니 그 노랫소리의 장임함과 아름다움에 눈 앞에 펼쳐진 광경은 그야말로 형용할 수 없는 위대한 악장 그 자체였다.

이튿날, 대대 선박은 모두 하류로 출동하면서 소형 배 세 척은 이동하지 않고 남겨 놓았다. 소형 배 두 척에는 낡은 솜 군복이 실려 있었고 다른 한 척에는 13명의 보충병이 타고 있었다. 그 배에 승선한 사람 중 나이가 가장 많은 이는 열아홉 살이었고 가장 적은 이는 열세 살이었다.

13명이 한 배에 타고 있기에는 너무 좁았다. 배도 움직이지 않았고 날씨도 한창 더워, 배에 타고 있으면 더위에 지쳐 탈진할 지경이었다. 많은 사람들이 낮에는 창장 맑은 물에 홀딱 벗고 벌거숭이인 채로 몸을 담갔고 밤이 되면 진흙 둑에 올라 잠을 청했다. 그들은 아무것도 가진 것이 없었다. 그저 마을 뱃사공들에게서 볏짚을 빌어다가 각자 짚 베개를 만들고서는 진흙 둑에서 벌렁 나자빠져 5일 밤을 지냈다.

내 개인으로 보면 그때 겪은 일들은 나쁜 경험이 아니었다. 아직 미열이 남아 있는 따뜻한 진흙 둑에 누웠었다. 대지에 몸을 붙이고 하늘을 향해 누워 꼬리에서 선명한 남색의 빛을 발하는 개똥벌레들이 머리 위로 바삐 날아가는 것을 보았었다. 연하에는 푸들 부채를 가볍게 치는 소리, 곰방대로 뱃전을 툭툭 치고 있는 소리 등 인간들이 내는 나지막한 소리가 어지러이 흘러내렸었다. 한밤중 하늘에는 유성이 길고 긴 밝은 빛을 끌며 떨어지고 있었다. 강물 소리는 역사에 대해 무언가 이야기할 원망이나 있는 듯 여울을 굽이돌아 길게 흘렀다. 그러한 밤 풍경은 실로 내 평생 잊을 수 없는 장면이었다!

비가 내렸다. 비를 피해 다투어 배에 올랐지만 낮이 너무 길고 기분 전환할 방법도 없고 하여 한 사람 한 사람씩 맨발로 비 맞는 것을 무릅쓰고 질척질척한 진흙탕 위를 걸어 현도 거리로 관광을 나갔다. 큰길가에는 장시(江西) 사람이 경영하는 포목점이 있었다. 계산대 가운데에는 백발이 성성한 노부인이 불상처럼 엄숙하면서도 아무 말도 없이 앉아 있었다. 그녀는 무료한 듯 큰 배를 내밀고 팔짱을 끼고 다리를 팔자로 벌린 채로 문

지방에 우두커니 서서 거리의 낙수받이를 멍하니 바라보고 있었다. 석판을 깔아 만든 좁은 골목 보도 위에는 어린아이 하나가 크면서도 소박한 우산을 어깨에 메고는 조용히 신발징 소리를 내며 걷고 있었다. 배로 돌아갔을 때는 누구나 할 것 없이 비에 흠딱 젖어 있었다. 옷을 벗어 배 앞에서 빗물을 짜내는 것을 서로 도와주었다. 날이 어두워지니 배에는 온통 기름 냄새와 땔감 연기로 가득 차 숨쉬기조차 힘들었다.

그 13명의 동료 중에 가장 가깝게 지내던 친구가 둘 있었다. 한 명은 선완린(沈萬林)이란 이름을 가진 내 종형제로 꽤 나이가 많았다. 창더후(常德府)에서 여관을 하는 수달 가죽 모자를 쓴 친구와 같이 원래는 대대 유격 아문(衙門)에서 하루 종일 화초를 키우거나 금붕어를 기르면서 한가롭게 시간을 보내는 하급 관리로 일하고 있었다. 그런데 상급자와 마음이 맞지 않아 갑자기 업무에 염증이 나기 시작하자 그 상관을 두들겨 패고는 뛰쳐나와 우리들과 동료가 되었다.

다른 한 명은 '카이밍(開明)'이란 이름의 자오(趙) 성을 가진 재봉사의 외아들로 나이는 어렸지만 사람됨이

드물게 영리하고 용감했다. 집에서는 그가 가업을 이어가기를 원했다. 그러나 그 자신은 상위(上尉) 부관이 되고 싶어 했다. 금테 모자를 쓰고 홍색 주번 띠를 비스듬히 차고서는 부관 계단에 서서 하급무관을 꾸짖는 것을 무척 매력적인 것으로 생각하고 있었다. 어느 날 가족들과 크게 다투고서 화난 김에 그 길로 집을 나와 버렸다. 나이는 어렸으나 생각은 결코 어리지 않았다!

우리와 함께 현도 거리로 세 차례 구경을 갔었는데 그와 나이가 비슷한 털실 점포 여자애에게 마음을 두게 되었다. 내게 돈을 빌리면서까지 그 여자애의 가게에 들러 흰색 무명 짚신 끈을 사 왔었다. 그가 많은 끈을 사 오기는 했지만 사실 그 당시에는 짚신 여분이 남아 있지 않았었다. 끈을 사고 배로 돌아오면서 우리들에게 "맹세해. 후에 내가 부관이 되는 날, 반드시 다시 돌아와 그 여자애에게 내 아내가 되어 달라고 할 거야."라고 했었다. 그 여자아이의 이름은 '××'이었다. 내가 『변성邊城』이야기를 쓸 때 영리하고 총명하면서도 온유한 나룻배 사공의 외손녀 품성은 바로 그 털실 점포 여자애에게서 받은 인상에 근거한 것이다. 우리 모두 그 여자애에게 무척 좋은 인상을 가지고 있었다. 그러나 당시에는 그 친구만이 남다르게 용감하고 순진하였기에 아무렇지도 않은 척 좀 어리석은 듯한 그런 희망을 말하였던 것이다.

3년이란 세월이 흘러, 우리 13명의 동료들 중 3명이 주둔지인 천저우에서 휴가를 받아 귀가하던 중 루시현 부근 역로에서 뜻하지 않은 일로 죽임을 당하는 사건이 발생했다. 토비(土匪)들에 의해 20여 군데에 칼을 맞아 대로변에서 피를 낭자하게 흘리며 쓰러졌다. 거기에는 내 종형도 끼어 있었다. 그 형의 죽음을 계기로 잠시 집으로 돌아갈 기회를 얻게 되었다.

그 당시 군대 예비부대는 후베이(湖北) 성 서부에서 쓰촨(四川) 지방으로 활로를 찾은 참이었다. 부대 중 많은 수를 차지하고 있던 나이 어린 소년들은 한 명도 예외 없이 본적지로 송환을 당했다. 보안사령관의 뜻은 그 젊은이들 부모들에게 책임을 지우겠다는 의도였다. 뜻하는 바와는 다르게 설령 소년들을 부대로 귀대시키지 않는다 하여도 자연스레 다시는 그 소년들의 생사에 대한 걱정을 할 필요가 없게 된다는 계산도 깔려 있었다.

그렇게 하여 나는 내 동료와 다른 20여 명의 소년들과 함께 발 디딜 틈도 없는 조그마한 배 한 척에 몸을 싣고 고향으로 돌아가게 되었다. 배가 강을 거슬러 올라 루시현에 정박하였을 때 이미 밤은 깊었지만 우리 둘은 현도로 들어가 점포 문을 두드리고는 그 여자애에게서 또 한 번 흰 끈을 샀었다.

고향으로 돌아온 지 오래지 않아 그 동무는 부관이 되겠다는 미련을 버리지 못하고 휴가 기간이 만료되었다는 핑계로 재봉사 아버지와 한바탕 큰 싸움을 벌인 후 돈을 훔쳐 혼자서 천저우로 떠나 버렸다. 나도 집에서 뭐 그리 할 일이 없었던지라 위험을 마다치 않고 배를 타고 천저우로 갔다. 내가 전에 배속됐던 천저우 아문에 귀대 보고를 할 때서야 본대 4천여 명이 4일 전에 전부 쓰촨으로 이동해 버렸고 내가 알고 있던 동료들도 모두 떠나 버렸음을 알게 되었다.

우리는 쓰촨으로 이동할 수 없어 잔류 수비부대원의 신세가 되었다. 잔류 수비부대는 상위 군수관 1명과 노령의 상교 부관장 1명, 절름발이 중령 부관 1명, 그리고 나이 많은 병사들로 구성된 2개 분대만 남았다. 카이밍은 비전투원으로 파견을 받았다. 나는 사서 병무를 맡게 되어 둘 다 잔류 수비부대에서 계속 근무할 수 있었다.

　우리 둘은 부관장의 휘하에 있었다. 그 늙은 군관은 우리가 종일 아문의 벽오동나무 아래서 산가(山歌)만 부르고 있는 것을 보고는 마땅한 일을 찾아 주겠다는 심산으로 우리 둘을 현도 부근 연꽃 연못에서 개구리나 두꺼비를 낚아 그에게 바치도록 했다. 우리는 개구리를 낚으면서 이러저러한 이야기들을 나눴는데 뜻밖에도 그가 하류로 내려오다가 또 그 여자애의 털실가게에 들러 신발 끈을 샀다는 것을 알았다. 우리가 낚은 개구리나 두꺼비를 껍질을 벗긴 후 깨끗이 씻고 나서 베로 두 다리를 묶어 한 줄로 엮어서 들고 아문으로 돌아오면 노 군관은 반은 양념을 뿌리고 훈제하여 술안주로 삼고, 나머지는 남겨두었다가 고향으로 돌아가는 동향 사람에게 부탁하여 자기 부인에게 전해주도록 하였다. 우리는 그 일을 가을까지 계속해야 했다.

　1년여쯤 지난 어느 날, 쓰촨 방면에서 특급 전보가 도착했다. 부대가 후베이 부근 펑샤오(鳳小) 현에 주둔하다 인부들을 징발하고 지방세를 할당한 후 막 후난으로 돌아오려 할 때, 절치부심 이를 갈고 있던 그 지방

평민들이 신병(神兵)들의 선동으로 봉기를 일으켰다는 것이다. 그들은 식칼, 낫, 도끼 등을 들고 이른 새벽 군인들이 주둔하고 있는 묘우(廟宇)와 사당을 갑자기 덮쳐 우리 군대와 전투를 벌였다. 군대는 미처 손을 쓸 새도 없는 상황에서 하루아침에 3천여 명이 해를 입었다는 것이었다. 총사령부 중 보안사령관과 부관이 요행히 탈출한 것을 빼고 나머지 고급 장교와 보좌관들은 모두 민병들에 의해 쓰러졌다는 것이다(사건 발생 후 전해 들은 바로는 대략 7천여 명의 평민들이 죽임을 당했고 반년이 지나도 작은 마을 도처에 여전히 백골들을 발견할 수 있었다고 했다). 그 전보는 내 운명에 있어 또 하나의 전환점을 마련해 주었다. 그 사건이 터지고 오래지 않아 나는 3개월 해산 수당을 받아들고 천저우를 떠나 향초 향화로 유명한 즈장(芷江) 현으로 옮겨 갔다. 거기에서 매일 자색 나무 도장을 들고 도살장을 돌며 세금을 조사하고 다녔었다. 동료 8명 모두 쓰촨에서 죽었고 나와 같이 끈을 사고 개구리와 두꺼비를 잡던 그 친구도 그때부터 소식이 끊겼다.

꼬박 17년이 지난 지금, 나를 태운 조그마한 배가

또 해 질 녘 황혼 무렵 그 지방에 정박했다. 겨울이라서 강물이 줄어 있다. 물결이 제방에서 꽤 멀리 떨어진 곳에서 찰랑거려 넓디넓게 마른 진흙이 있는 강기슭을 그대로 드러내고 있다. 긴 제방에는 시든 갈대들이 사악사악 소리를 내고 있고 그늘진 곳에 아직도 남아 있는 흰 잔설(殘雪)을 볼 수 있다.

돌 성곽은 한쪽으로 해가 지기 알맞게 돼 있어 성첩과 성루가 석양이 떨어지는 황금빛 하늘 윤곽을 두드러지게 하고 있다. 산 정상은 여전히 황금빛으로 물들어 있고 강물 가득 뱃노래(바로 내 영혼을 가뿐하게 하고 영원히 찬미하지 않을 수 없는 노랫소리)가 흐르고 있다. 나는 뱃머리에 서서 옛일과 그리운 이들을 회상하고 있다. 황혼이 다가와 공간을 점령하기 시작했다. 멀리 있는 배나 가까이 있는 배들 모두 윤곽만 남기고 있고 긴 제방 위로는 사람 그림자가 무리 지어 움직이고 있다. 인근 배 위에서는 요리를 하고 있다. 냄비가 끓는 소리와 아이 우는 소리가 뒤섞여 어지러이 들려온다. 갑자기, 성문 부근에서 울리는 사탕 파는 이의 소라 소리, 찡······.

그 소라 소리 속에서 빛나는 새까만 두 눈동자, 꼿꼿한 코, 자그마한 입이 다시 나타났다. 기나긴 세월 속

인간사에서 일어났던 변화를 잊어버리고 마치 소설 속 주인공같이 형용할 수 없는 동심을 가슴에 품고 둑을 올라 현도로 들어섰다. 마을의 지붕과 지붕이 연접한 작은 집과 그곳에서 살고 있는 사람들을 상세히 알고 있는 듯한 기분이 들었다. 비록 17년이란 시간이 흘렀지만 나는 아직까지 도로를 확실히 알 수 있었고 마을의 광경도 또렷이 변별할 수 있었다.

헤매지 않고 그 털실 점포 앞에 도착했다. 마침 무명실을 사러 온 뱃사람이 있어 그가 문을 밀고 들어갈 때 바싹 붙어 가게 안으로 들어섰다. 이렇게 희한한 일이 있을 수 있을까? 그 여자애가 아직도 있었다. 난 아무 말도 나오지 않았다. 놀랍다. 17년 전 그 여자애는 온종일 점포에 놓여 있는 면사 더미 옆에 서서 두 손을 끊임없이 바꾸며 무명실을 짜고 있었는데 지금 내가 본 것 역시 그런 모습이다. 파우스트처럼 정말 '과거'로 돌아왔단 말인가? 내가 알고 있는 그녀의 눈동자, 코, 가늘면서도 자그마한 입을 통해, 나는 주저하지 않고 그녀가 틀림없다고 감히 확신할 수 있다.

"뭐, 필요하세요?"

바로 이 목소리도 나와 지극히 잘 알고 있는 듯하지

않은가. 난 갈고리에 걸려 있는 그 하얀 다발 하나를 가리켰다.

"저걸 줘요!"

이제야 이 늙은 군인이 짚신을 묶는 하얀 무명 끈을 살 차례가 되었구나! 그 여자애가 걸상 위에 서서 내게 갈고리에 걸려 있는 물품을 내리려 할 때 점포 안 화로 위 찻주전자가 끓는 소리와 어디에선가 아편을 피우는 소리가 들렸다. 여자애의 땋은 머리에는 하얀 무명 가락이 감겨 있었다. '아버지가 돌아가셨는가 아니면 어머니가 돌아가셨는가?' 생각하고 있을 때 화로 위 찻물이 끓어 넘치기 시작했고 그 동시에 자그마한 짝문 뒤로 한 남자의 말소리가 들렸다.

"추이, 추이야, 물 끓는다. 뭐 하냐?"

여자애가 재빠르게 걸상에서 내려 수관을 내리는 순간 그 남자가 걸어 나왔다.

정말 이보다 더 놀랄 일은 없을 것이다. 누르스름한 석유 램프 빛 아래서 그야말로 늙은이라 이야기할 수밖에 없는 재봉사의 외아들을 만나게 된 것이다. 시간과 아편 연기가 그를 망가뜨려 놓은 것이 분명하다. 그러나 시간과 아편 연기가 이 남자의 얼굴에 어떤 기호를 새겨 놨다 하더라도, 그가 바로 이 점포에 몇 번이나 신발 끈을 사러 왔던 자오카이밍임을 한눈에 알아볼 수 있었다. 그의 기색을 보니 앞에 서 있는 고객이 바로 개구리와 두꺼비를 함께 낚던 옛 친구라는 것을 결코 알아내지 못할 것 같다. 비록 부관이 되지는 못했지만 그래도 바보같이 어리석은 듯 보였던 다른 희망은 결국 이뤄 냈던 것이다. 그와 이 가족의 관계를 깨닫게 되었다. 영원히 젊은 나이를 간직할 것으로 오해를 불러오게 했던 이 여자애가 누구의 자식인지도 명확하다. '시간' 의식이 강하게 나를 때렸다. 나는 뺨을 어루만지면서 한 마디 말도 못한 채 조용히 서서 두 부녀가 끈을 재고 내가 건넨 돈을 세고 있는 것을 가만히 보았다. 더 머물고 싶어 핑계로 사탕을 사려 한다고 말을 건넸다. 사탕을 팔지 않는데도 옛 친구는 친절하게 나를 위해 다른 점포에서 사탕을 사 왔다. 지금의 생활에 만족하고 있는 그들의 모습을 보니 내가 그에게 내 신분을 알려 당혹하게 만드는 것은 죄가 될 것 같았다.

조그마한 꾸러미를 들고 성을 나서니 날은 완전히 저물었다. 흙 제방 위를 어지러이 걸어갔다. 하늘에는 큰 별 하나가 부드러우면서도 아름다운 빛을 뿌리고 있다. 난 눈 한 번 깜빡이지 않고 별을 본다.

"이 별빛은 우주 공간에서 지구까지 3천 년이 걸려야 온다고 들었는데 많은 것을 겪었기 때문에 저렇게 침착할 수 있는 것이다. 이제야 겨우 서른을 넘긴 나는 저처럼 침착할 수 있을까……?"

마음이 무척 혼란스럽다. 그러나 내가 느끼는 이 혼란은 결코 이치에 맞지 않는 것이다. 17년 전 드러누웠던 흙 제방 위를 밟으면서 고동치는 마음을 억지로 억누르려 하나 나 자신을 진정시킬 수가 없다. 그러나 지나간 것, 어떤 이가 그 지나간 것을 지나가지 못하게 막을 수 있으며 또 어떤 이가 그것을 다시 오지 못하게 제지할 수 있겠는가? 시간은 다양하게 변화하는 인간사에 각기 다른 무게감을 느끼게 하지만 나는 침묵해야 하고 견디어 내야 한다. 또다시 17년이 지난 후 이 조그마한 마을에 내가 다시 오지 않을 것이라 어찌 장담할 수 있으랴? 지극히 넓고 넓은 것이 세상이기는 하나 사람은 결국 일정 범위에 제한되어 있고 과거에 익숙했던 일들을 경험해야만 하는 그런 숙명을 지니고 있는 듯하지 않은가.

다시 찾아온 봄 때문에 우울하고 적막하다. 어두운 강물 위로 즐거운 뱃노래가 흐른다. 강 가운데 상선이 부두에 정박하려 한다. 노랫소리가 어둠 속에서 들려온다. 노랫소리 속에서 나 자신이 무엇인가를 깨달은 듯하다. '역사를 읽지도 말고 역사를 복습하지도 말라' 역사 앞에서 실망하지 않을 자가 있겠는가?

그런데 난 무엇을 위하여 돌아온 것인가? 스스로 자신에게 물으면서 웃었다. 나는 다시 17년이 지나 내가 볼 수 있는 상상하기 어려운 모든 것을 다시 한 번 볼 수 있기를 바란다.

1934년에 쓰다.

[原載 1934년 9월 『文學』 1권 4기]

호랑이 새끼, 다시 만나다

4년 전 내가 상하이에 있을 때 황당한 계획을 실천에 옮긴 일이 있었다. 변방의 벽촌에서 성장한 새끼 호랑이같이 용감한 열네 살 시골아이를 가장 문명적인 방법으로 교육하려고 했었다. 그 당시 그 아이의 상급자는 내가 세운 계획이 쓸데없는 일이 될 것이 분명하다고 예언했다. 멋진 계획들이 나중에 물거품이 되는 경우가 종종 있기는 하지만 나는 흔들림 없이 계획대로 일을 진행해 나갔다. 그 아이를 내 곁에 두고 강제로 공부시켰다. 그의 신체와 정신을 개조시킬 생각이었다. 내 교육 아래 미래 지식계의 위인이 되기를 바랐다. 한 달도 되지 않아 생각지도 못한 일이 벌어질 줄 누가 알았겠는가. 내 계획 속 위인은 상하이 탄(灘)에서 사람을 때려죽이는 사고를 치고 행방불명돼 버렸다.

모든 물이 바다로 흘러가는 것처럼 새끼 호랑이도 깊은 산 깊은 계곡에 있어야 자기의 생명을 발전시킬 수 있는 것이다. 일이 벌어지고 난 후 그 아이 스스로 살아갈 길이 따로 있다는 것을 절실히 깨달았다. 솔직히 말해 몇 년 동안 그 아이를 마음에 두지는 않았다. 하지만 나 자신이 저지른 어리석은 일을 떠올릴 때마다 쓸데없는 짓을 했다는 것에 웃음이 터져 나오는 것은 피할 수 없었다.

이번 샹시(湘西)를 방문하면서 천저우(辰州)에 이르렀을 때 처음 만난 사람이 바로 그 새끼 호랑이였다. 손과 발, 신체가 성장한 것 이외에 겉모습도 활기찼고 야성이 넘쳐났다. 그를 만났을 때 놀랍기도 했고 기쁘기도 했다. 그가 나를 안내했다. 그에게 이끌려 난초와 재스민 꽃이 가득한 화실을 지나 내 형이 머물고 있는 큰

방으로 갔다. 화로 옆 티크 의자에 앉은 후 내가 입을
열었다.

"주송(祖送), 주송. 네가 여기에서 살고 있었구나. 난
네가 상하이에서 맞아 죽었다고 생각했었거든!"

그는 겸연쩍은 듯 미소를 지었다. 내게 차를 따라주
면서 조용한 목소리로 말을 했다.

"날 죽이지는 못하지요. 햇볕에 그을리고 비를 맞
는 모진 환경 속에서 좁쌀과 강냉이를 먹고 자란 사람
을 어디 쉽게 죽일 수 있남요!"

내가 말했다.

"그렇지. 나도 처음부터 너를 죽일 수 있는 사람이
없다는 것을 알고 있었지. 네가 죽이면 죽였지. 분명 알
고 있었지(여기까지 얘기하고는 모든 것을 확신하고 있다는 표
정을 지었다). 네가 도망친 것도 분명 어떤 간책이 있었
을 것이라고 확신했어. 너는 아마도 내 곁에서 공부하
고 싶지 않고 산으로 들어가 토비(土匪)의 왕이 되고 싶
어서 고의로 문제를 일으켜 도망쳤을 거야. 그렇지만
네가 우리를 얼마나 힘들게 했는지 알아! 네게 수학을
가르치던 수염을 길게 기른 교수는 네가 실종된 후 사
람들에게 부탁하여 상하이 전체를 뒤지며 탐문했다고.

사흘 동안 돌아다녔다고. 너 때문에 하마터면 쓰러질 뻔했다니까!"

"그 염소수염 교수님이 절 찾아다녔다고요?"

"뭐, '염소수염' 교수님!"

이 말은 아름답지도 고상하지도 않았다. 그가 이렇게 표현하자 내가 하고자 했던 말을 잇지 못했다.

그러나 그의 커다란 양손과 오른손목에 금시계를 끼고 있는 것을 보니 지금 나와 이야기를 하는 사람이 진정한 군인이 됐음을 알 수 있었다. 분명 4년 전 그 '호랑이 새끼[虎雛]'와 이야기를 하는 것이 아니었다. 잘못한 것은 나 자신이니 스스로 고쳐야 할 것이다. 그래서 나는 상스러운 것처럼 한바탕 웃어 젖히고는 장교와 같은 기개로 호기 있게 말을 했다.

"한 번 묻자. 너 왜 사람을 죽였어? 어떻게 돌아온 것이냐? 한 마디도 속이지 말고. 모두 내게 뱉어놔!"

그는 여전히 부끄러운 듯 미소를 띠고 그 사건의 모든 과정을 얘기하였다. 지난 일을 다시 얘기한다는 것은 분명 후추와 같은 사람들에게는 익숙할 리 만무했다. 그래서 얼마 없어 목전의 이야기로 돌아왔다. 그는 내게 지난달 퉁런(銅仁) 방면에서 벌어졌던 전투에 대해 이야기하며 본 고장의 군인이 몇 명 죽었다는 것을 말했다. 그리고 고향의 상황과 집안일들을 이야기했다.

대략 한 시간 정도 이야기를 나누었는데 새로 만든 남색 새틴 은호 창파오를 입은 형이 돌아왔다. 베이징, 상하이의 거다란 신문 두루마리를 옆에 끼고 기이한 톤으로 휘휘 휘파람 불며 들어왔다. 장교 친구들 집에서 정치 토론하다가 돌아온 것이다. 자연스레 우리 둘의 이야기는 중단되었다.

내가 나고 자란 성벽이 돌담으로 둘러싸인 묘향(苗鄕)으로 가려면 나흘의 여정이 필요했다. 멀고 먼 산길을 이틀은 작은 배를 이용하고 이틀은 좁으면서 허술한 의자를 장대에 묶은 산길용 가마를 이용해 가야만 했다. 한 배를 타고 가는 사람들은 낯설었지만 얼마 되지 않은 돈으로 배를 모는 사람들과 친하게 지낼 수 있었다. 부둣가에 있는 기둥을 드리운 조각루의 풍취도 언제나처럼 내게 신선한 느낌으로 다가왔다. 하지만 엄동설한이었다. 가마에 앉아 이틀 내내 가야 했고 도중에 검문검색도 많았다. 살인사건이 벌어졌던 곳들도 지나야 했다. 첫째 날 밤은 가장 열악한 장소에서 쉬어야만 했다. 만약 지역에 통하는 사람이 없다면 귀찮은 일이 벌어질 것이 뻔했다. 저녁 식사를 할 때 형에게 후추와 함께 갈 수 있도록 부탁했다. 그렇게 해서 이튿날 새끼 호랑이가 나와 함께 길을 나섰다. 출발할 때가 되자 형은 후추에게 다른 말은 하지 않고 "다른 사람과 싸우지 말라."는 한 마디 말만 당부했다. 상황을 보니 '싸움'은 새끼 호랑이가 즐기는 짓거리임을 알 수 있었다.

배에서 후추와 마주 보며 편하게 이야기를 나눴다. 여덟 살 때 자신보다 다섯 살이나 많은 상대를 돌로 때려 부쉈다는 것을 알게 됐다. 상하이에서 사건이 발생할 때 쓰러진 사람은 이미 세 번째였다는 것도 알게 됐다. 지난 4년 동안 대령 계급장을 단 내 동생과 쉬푸(溆浦)에 주둔하고 있으면서 특무중대에 배속돼 근무하고 있었다. 전투가 진행되고 있는 상황이라 그 앞에서 쓰러진 적들의 수는 이전의 두 배가 됐다. 나이가 열여덟 살밖에 되지 않았지만 자신이 적군 여섯 명을 직접 때려눕혔다고 했다. 그의 말에 따르면 적들은 모두 자신보다 나이가 많았다는 것이다. 실로 훌륭한 전사였다!

그 녀석은 아직도 나를 어려워하는 듯 보였다. 그래

서 그런지 내 앞에서는 말 잘 듣고 고상한 척했다. 상스러운 말은 한마디도 하지 않고 야만스런 기질도 노출시키지 않았다. 단지 그 모습만 본다면 그가 적들과 싸움을 벌이고 일단 싸우면 반드시 이긴다는 것을 믿을 수 없을 정도였다.

그는 배 위 모든 것을 능수능란하게 처리했다. 상앗대나 노도 잘 다뤘다. 일을 할 때도 민첩했다. 어떤 뱃사람보다도 유능한 듯 보였다. 배가 낮은 턱에 걸려 뱃사람들이 어찌할 방법 없어 세찬 물속으로 들어가 배를 어깨에 메고 움직여야 할 때는 그도 옷을 벗어 던지고 아무것도 걸치지 않은 채 물속으로 뛰어들어가 도왔다 (그때는 12월이었다).

관례에 따르면 영예로운 장교 수행원은 다음 몇 가지 물건을 가지고 다녀야 했다. 기이표 손전등, 금시계, 모제르총이다. 장교와 마찬가지로 군복은 반드시 반듯하게 차려입어야 한다. 길을 비춰야 하기 때문에 손전등도 필수였다. 장교가 '위병, 몇 시야?' 하고 물으면 손을 들어 보면서 대답해야 했기에 금시계도 있어야 했다. 모제르총은 사용할 곳이 너무 많다. 내 동생은 원래 사격 선수였다. 매일 야외로 나가 아무 때나 표적을 세우고 총을 쏘았다. 어떤 때는 자신이 쏘지 않고 당번병에게 쏘게 했다(매번 밖에 나갈 때마다 적어도 반 통은 소모해야 했다). 그러나 나와 함께 길을 나선 새끼 호랑이가 권총을 소지한다는 것은 화를 초래할 뿐 쓸모가 없었다. 나야 암살당할 리 만무하고 사람을 총으로 쏴 죽일 일도 없었다. 그래서 출발할 때 그에게 총을 휴대하지 말고 군복 대신 나사 인민복을 입으라 했다. 무장하지 않으니 모습만 보면 군인처럼 보이지 않고 장난기 많은 중고생처럼 보였다.

내가 이번에 고향에 돌아온 것은 인간사로 구성된 역사를 읽어 보고 싶어서다. 이는 이미 말한바 그대로다. 후추가 물에 뛰어들어 배를 들어 올릴 때 나는 4년 전 그가 상하이에서 나와 함께 지내던 일을 떠올렸다. 그때 나는 4년 후에 후추가 대학교 1학년생이 될 수 있도록 계획했었다.

지금은 후추가 바로 뱃사람처럼 지내고 있지 않은가. 뱃사람들을 도와 배를 들어 올려 요동치지 못하게 하고, 흠뻑 젖은 몸으로 뱃전을 타고 배에 올라 상앗대를 움켜잡고 급물살을 이기기 위해 저으며 희희낙락 큰 소리로 외치고 있지 않은가. 나는 선창에 조용히 앉아 그를 쳐다보며 생각했다. 내 계획이 뒤틀어진 게 참 다행이구나. 저 아이의 육체를 학교에 붙들어 두지 않았으니 그의 정신도 책 속에 처박지 않았음이니. 저 아이는 분명 저렇게 성장해나가야 제대로인 것이다!

현재 그의 모든 것이 대도시 대학생들보다 당당하지 않은가. 대도시 학생들이야 운동회가 열리면 운동장에서 영차영차 두어 번 함성 지르고 식사 후 공을 차거나 개학 날에 집합하여 동학들과 힘을 모아 신입생을 단련시키는 것이 전부이잖은가. 그것과는 비교할 수 없을 정도로 활기 넘치는 것이니.

배가 움직이면서 뱃사람들이 모두 배에 올랐을 때 나는 그를 불렀다.

"주송, 주송. 아이고, 춥지 않니? 옷 빨리 입거라."

그는 손에 잡고 있는 상앗대를 춤추듯 놀리면서 말을 했다.

"춥죠. 몇 해 전 우리가 천저우에 있을 때 큰 강을 헤엄쳐 건너기도 했었는 걸요!"

점심을 먹을 때가 됐지만, 뱃사람들은 쉴 틈이 없었다. 배 위에서 물을 끓이고 밥을 짓는 일은 그가 다 했다.

식사 후 출발 전에 형이 주송에게 당부한 말이 생각났다. 그래서 주송에게 상대방을 쓰러뜨릴 때의 '경험'과 사건이 발생하기 전후의 '소감'을 자세하게 얘기해 달라고 했다. '무용담'은 오전에 이미 들었기 때문에 나는 그저 그 사건이 주송 본인에게 어떤 '의미'가 있는지를 알고 싶었던 것이다. 나는 그가 말하는 이야기에서 실로 특별한 수업을 받았다고 감히 얘기할 수 있다.

그의 솔직함과 말솜씨는 특수한 환경 아래서 축적된 사람의 모든 것을 알게 해줬다. 그가 거듭 죄를 저질렀으나 어떠한 벌도 받아서는 안 될 것이다. 그가 결코 상대방들보다 강한 것도 아니고 그저 인내하고 기회를 기다릴 줄 알았으며 조금 민첩하며 정확하다는 것뿐이었다. 모욕을 당했을 때 결코 곧바로 움직이지 않았다. 고분고분하게 보이고 말없이 부드러운 미소를 지었다.

"어르신, 노형께서 그러시다면, 무슨 또 달리하실 말씀이 있으신가요? 누가 감히 노형과 맞설 수 있겠습니까? 노형이 바다 같은 아량으로 너그럽게 용서해주십시오……."

그러나 잠시 후 '보물'을 쓱 뽑아들거나 걸상이나

몽둥이를 들고 공격하면 그 '노형'은 어찌할 바를 몰라 당황하여 외마디 비명을 제대로 지르지도 못하고 쓰러졌다. 일이 끝난 후 도망쳐야 한다면, 도망치면 그만이다. 세관이든 군대든 아니면 수리 공장이든 상관없이 새로운 곳에 가 막사에서 숨어 기다리면 됐다. 먹을 것이 있으면 먹고 없으면 굶었다. 다른 사람이 일을 하는 것이 보이면 재빨리 그들을 도와 일을 했다. 그러다가 부지런하고 깔끔하게 일을 처리하는 모습이 수장의 마음에 들면 모든 것이 해결되었다. 당당히 동료가 되면 새로운 상황에서 새로운 방법으로 생활하면서 모험을 거는 것이다.

그의 삶은 결국 군대를 벗어나지 못했다. 할아버지가 국가를 위해 순직한 유격 대장이었던 사실이 그가 씩씩하게 살아가는 원천이었다. '장군 집안의 아들'이라는 의식은 어떠한 난관 속에서도 버티고 참아낼 수 있게 하였다. 유격 대장과 연대장의 지위가 같다는 것을 알고 연대장이 되려는 희망을 품게 되었다. '만 높이의 건물도 평지에서 시작된다(萬丈高樓平地起)'라는 격언을 가슴에 새기고 있었다. 그렇기에 말단 신분으로 군대 생활을 견딜 수 있었던 것이다.

그의 성격에 대해 나는 특이하다고 생각해 본 적이 없다. 그러한 성격은 산팅(三廳) 둔병 군인 자제들에게 흔히 있는 성격이기 때문이다. 그저 그의 운명이 희한할 따름이었다.

작은 배가 천허의 유명한 '샹즈안(箱子岩)' 상류에 이르렀을 때 바람이 수면 위에 일었다. 자그마한 배는 바람을 돛에 담고 좁다랗고 긴 깊은 강 가운데로 미끄러져 갔다. 그때 나는 그의 할아버지인 유격대장이 대만에서 일본인과 전쟁 중에 순직한 옛이야기를 그와 나누고 있었다. 그에게 차후 모든 일에 참을성을 기르라고 권했다. 장래에 외부 적과의 싸움에 목숨을 걸어야지 조그마한 일에 목숨을 가벼이 하여 싸움해서는 안 된다고 했다.

개인끼리 싸움은 중요한 것이 아니며 일을 하는 데 방해가 될 뿐이라는 것을 이해시키고 싶었다. 그가 고개를 숙이고 길게 한숨을 내쉬는 것을 보고 내가 한 말을 알아듣는구나 싶어 기뻤다.

강촌을 지날 때 출장을 가는 듯 군복을 입고 단도를

비껴찬 군인이 방형의 나룻배를 타고 건너고 있었다. 우리 배가 실은 물건이 많지 않고 빠르게 흘러가는 것을 보고 같이 타고 가자며 배를 멈추라고 소리쳤다. 뱃사공은 배를 임대한 사람의 신분을 알고 있었기 때문에 군인에게 배를 멈추기가 어렵다고 말했다.

군인은 그래도 안 된다며 우리에게 배를 멈추라고 했다. 위협하는 말을 했으나 뱃사공은 상관하지 않았다. 내가 뱃사공에게 돛을 내리고 배를 세워 군인을 태우자고 말을 하려고 할 즈음, 군인이 화를 내며 배를 멈출 새도 없이 큰 소리로 욕을 해대기 시작했다. 선실에 앉아 있던 후추가 뛰쳐나오면서 인사말을 건넸다.

"형제, 형제. 미안합니다만 욕하지는 마셔! 우리 배가 너무 작아요. 급히 가야 하기도 하고 뒤에 배가 오고 있으니 다음 배를 타세요."

군인은 배 위에서 말을 건네는 사람이 중고생처럼 생긴 것을 보고 말했다.

"뭐가 미안하다는 거야. 빨리 세워! 키잡이, 너 배 안 세워? ×할 놈. 부두에 닿으면 너 개 잡종 칼로 쑤셔 버릴 거야!"

키를 잡고 있던 사람이 마침 센 바람이 돛을 거세게

몰아치고 있어 밧줄을 잡아당기면서 조용하게 욕을 돌려줬다.

"네가 날 죽여? ×만한 게. 그래 무섭다 무서워!"

그러나 새끼 호랑이는 여전히 군인에게 상냥하게 말을 건넸다.

"형제, 형제. 욕 좀 그만하셔! 모두 집을 떠나온 사람들인데, 입에 욕을 달면 안 되죠!"

"내가 욕하면 어쩔 건데? 내가 욕하고 싶으면 욕하는 거지. 너 이 개새끼, 부두에서 나 기다려!"

내가 그런 말다툼이 걱정이 돼서 "주송!" 하고 그를 막았다. 새끼 호랑이는 군인에게 망신을 당하면서도 내 권고를 기억하는 듯 한 마디도 하지 않고 고개를 저으며 묵묵히 선실로 들어갔다. 그러면서 혼자 중얼거렸다.

"입만 열면 욕이야. 배를 세우지 않는다고 칼로 사람이나 위협하고. 정말 우리 군인들 체면 구기고 있어."

그때 그 군인은 이미 나룻배로 강기슭에 도착해서 강을 따라 우리 배를 쫓아오면서 욕을 해댔다. 내가 말했다.

"주송아. 저 군인과 말 좀 잘해 봐라. 우리 각자 다 나름대로 일이 있는 게고, 저이는 군인이니, 우리에게 욕하지 말고 따라오지도 말라고, 얘기 좀 잘해 봐."

"억지 부리고 있잖아요. 그렇게 하라 그러세요. 상관할 필요 없어요. 우리 배에 여자가 타고 있다고 생각하는가 봐요. 그래서 우리가 자기를 두려워하고 있다고!"

배는 바람을 타고 순조롭게 운항이 되어 강기슭에서 뒤쫓아 오는 군인보다 빨랐다. 모퉁이를 돌자 군인은 더 이상 따라오지 못했다.

배가 ××에 멈춰 섰다. 뱃사공들은 시장을 보러 갔다. 작은 호랑이도 물건을 사러 기슭으로 올랐다. 한참을 기다려서야 모두 돌아왔다.

저녁 식사를 마치고 나서 뱃사공 세 명은 또 시내에 일이 있다며 배에서 나가려고 했다. 새끼 호랑이가 말했다.

"당신들, 그 무지막지한 군인이 찾아올까 겁난 모양이지, 겁날 게 뭐 있어? 갈 필요 없어요. 내가 있잖아요! 여기는 큰 부두고 우리 부대가 여기에 주둔하고 있어요. 모든 일은 이치에 맞아야지, 억지 부려서는 안 되지요!"

뱃사공들이 그런 게 아니라고 말하며 서둘러 시내로 떠났다.

한밤중이 돼도 뱃사공들은 잠을 자러 돌아오지 않았다. 나는 걱정이 됐지만 새끼 호랑이는 그저 웃기만 했다. 내가 말했다.

"그 횡포 부린 군인과 싸움이 붙은 거 같은데. 주송. 네가 나가서 찾아보지!"

그는 모든 것을 다 알고 있다는 듯이 웃으면서 말했다.

"그들 그냥 놔두세요. 걱정할 필요 없어요. 아편관이나 창녀 집에서 아편을 피우고 있을 거예요. 얻어맞지 않아요."

"난 네가 그 병사와 싸움을 벌이지 않을까 걱정돼. 일을 저지르면 내가 난처해져."

그는 아무 말도 하지 않고 그저 손전등으로 팔에 차고 있던 금빛 시계를 비춰봤다. 시계가 멈춘 모양이었는지 조용히 몇 마디 욕을 했다.

이튿날 아침 일찍 날이 아직 밝지 않아 배 떠날 준비를 하기 전이었다. 새끼 호랑이가 이불 속에서 키득키득 웃었다. 내가 왜 웃느냐고 묻자 그가 대답했다.

"저 어젯밤에 꿈을 꿨는데, 그 무지막지한 군인에게 맞는 꿈을 꿨잖아요."

내가 말했다.

"꿈은 마음이 만들어내는 거야. 너 어제 낮에 그 군인을 팰 생각을 했었으니까 꿈속에서는 되레 맞았던 게지."

새끼 호랑이는 잠이 덜 깨 게슴츠레한 눈으로 말했다.

"낮에 그를 팰 생각을 한 게 아니고요. 어제 어두워졌을 때 실제로 내가 그놈을 두들겨 팼거든요!"

"정말? 너 내 말 안 듣고 또 싸움을 벌여 일을 만들었단 말이지?"

"뭘요. 천만에요. 제가 누구하고 싸움을 했단 말예요?"

"네가 스스로 인정했잖아. 내 앞에서 거짓부렁 하지 말고! 너 거짓말하면 나와 같이 갈 생각 하지마."

후추는 해서는 안 될 말을 엉겁결에 입 밖으로 냈다

는 것을 알고 아무 소리도 하지 않고 키득키득 웃어댔다. 알고 보니 어제 시내로 물건을 사러 나갔을 때 객점에서 그 군인을 찾아가 턱을 날려 버렸다는 것이었다. 그리고 하마터면 그 군인의 팔을 부러뜨릴 뻔했다는 것도. 그제야 시내로 물건을 사러 나가서 오랫동안 돌아오지 않았던 이유를 알게 됐다.

1934년에 쓰다.

[原載 1934년 10월 『水星』 1권 1기]

코가 자랑인 친구

　민국 10년(1921년) 샹시(湘西) 통치자 천취전(陳渠珍)은
'5·4운동'의 영향을 받아 자치의 환상을 품었다. 바오
징(保靖) 지방에 샹시 13현 연합중등학교를 세웠다. 교
사들은 모두 창사(長沙)에서 초청하였다. 비용은 각 현
이 분담하게 하였고 학생들은 모든 현에서 골고루 뽑
았다.

　성 밖 자그마한 언덕에 학교를 세웠다. 맑고 투명한

요우수이(酉水)가 서쪽 산모퉁이를 돌아 흘렀다. 강물이 바위를 때리는 소리는 사람들을 생기 넘치게 하였다. 강 건너편에는 산언덕이 연이어져 있었다. 예주포(野猪坡—멧돼지 언덕)라 불렸다. 높이가 7, 8리로 웅장한 형세를 자랑했다(언덕을 넘으면 관도가 있어 용순(永順과 통한다). 언덕의 땅과 숲, 동굴은 화전민과 산짐승, 큰 뱀들이 각각 차지하고 있었다. 밤이 되면 호랑이와 표범이 산전(山田)인가로 내려와 새끼돼지들을 잡아먹었다. 귀청을 째는 듯한 새끼돼지의 울음소리를 들으면 호랑이나 표범이 사라진 방향을 알 수 있었다.

호랑이가 대낮에 "크르렁" 하고 울부짖으면 오랫동안 강 양쪽 기슭 계곡에서 메아리쳤다. 화전민도 칼과 화기, 병기를 들고 다녔다. 수풀 속이나 동굴 속에서 그물로 뱀을 잡기도 하고 독 연기를 피워 산짐승을 잡기도 했다. 산언덕에 가장 많은 것은 멧돼지였다. 밭의 옥수수와 고구마를 자주 훔쳐 먹어 버려 화전민들에게는 원수나 다름없었다. 농작물을 마음대로 훼손하는 그 원수에 대처하기 위해 산언덕에서 징을 치고 북을 울리며 멧돼지를 사냥하는 일은 자주 벌어지는 오락이었다.

학교 앞은 운동장이고 뒤편 왼쪽에는 황폐한 무덤이 있고 초목이 우거져 있었다. 대낮에도 들개들이 떼를 지어 초목을 휘젓고 다니기도 하고 사람을 봐도 놀라거나 두려워하지 않고 무덤 위에 쭈그리고 앉아 들판의 경치를 보기도 했다. 날이 흐리거나 어두컴컴한 밤이면 그 짐승들은 코를 지면에 붙이고 긴 울음소리를 내면서 짝을 부르거나 새로 생긴 무덤을 파헤쳐서는 시체를 꺼내 앞다퉈 먹기도 했다.

학교가 있는 작은 구릉과 맞대어 반 리도 되지 않는 언덕 위 움푹한 지대에는 현지 주둔군의 무기 수리공장이 있다. 기계 바퀴가 달달 거리며 돌아가는 소리가 하루 종일 끊이지 않았다. 사격장에서는 기관총, 박격포 소리가 매일 들렸다. 교사 건축을 군인이 맡았기 때문에 교실과 숙사의 형태나 배치가 병영과 비슷했다. 학생들 생활도 군대 생활과 비슷했다. 학교의 하급 관리는 도수병사가 맡고 교문 수위는 무장병사가 맡았으며 주방과 숙사 관리는 군대 부장이 돌아가며 맡았다.

이런 환경 속에서 훈육된 젊은 학생들의 미래 운명이 일반 중학교 학생들처럼 그렇게 평안하고 평범하지 않을 것임은 불을 보듯 뻔한 일이다.

당시 학생들은 일요일을 제외하고는 이유 없는 외출을 할 수 없었다. 일요일에는 시내에 들어가 큰길과 골목에서 물건을 사기도 하고 산을 오르거나 헤엄을 치며 놀았다. 평일에 수업이 없을 때는 운동장에서 공을 찼다. 공차기는 새롭기도 하고 활기가 있어 에너지가 넘치는 학생들에게는 적합한 놀이었다. 오래지 않아 공차기는 전염병처럼 퍼져나가 군대의 젊은 부관들에게도 전염돼 버렸다. 학생들은 쉬이 밖으로 나갈 수 없었지만 젊은 부관들은 아무 때나 학교 운동장에서 시합을 했다. 규칙이 필요 없었다. 그저 공만 차면 됐다. 참가자격도 제한이 없었다.

당시 나는 군영에서 고정된 직무가 없이 외사촌이 있는 곳에서 기숙하고 있었다. 낮에는 늘 나팔을 부는 병사를 따라 강가에서 나팔을 불었으며 밤에는 군수처면군복 위에서 웅크리고 잠을 잤다. 한번은 사람들에게 이끌려 학교에서 공을 차기도 했다. 학생들을 쫓아 와자지껄 운동장을 뛰어다니다가 그들이 수업에 들어가면 나만 남아 혼자 놀았다. 학교가 처음 지어졌을 때는 주변에 담을 두르지 않고 철조망으로 에둘러져 있을 뿐이었다. 공이 밖으로 나갔을 때는 들에서 소나 양을 치는 사람에게 공을 던져 달라 부탁해야 했다. 그렇지 않으면 교문을 나서 한참을 돌아 공을 주어 와야 했다.

내가 처음 공을 차는 데에 불려간 후부터 철조망을 넘어 공을 주우러 가는 일은 모두 내가 맡았다. 나는 기쁘게 그 일을 했다. 공을 주워 오는 것이 어려운 일은 아니었으나 처벌이 무서워 학생들은 함부로 철조망을 넘을 수 없었다. 그래서 내 행위는 영웅시됐다. 그러면서 많은 친구들을 사귈 수 있었다.

친구 중 동향인이 세 명 있었다. 한 명은 성이 양(楊) 씨로 현지 시골 가오지앤(高梘) 지주의 외아들이었다. 한 명은 성이 한(韓) 씨로 내 옛 상사의 아들이었다(바로 천저우부 총병[總兵] 제1지대 사령부 본서에서 매일 내게 개구리를 잡아오게 하여 술을 담근 노병의 아들이다). 또 한 명은 인(印) 씨로 근시였다. 아버지가 참모장을 지낸 적이 있어 학교에서 자유롭게 행동할 수 있었다. 앞에 얘기한 두 명은 열심히 공부한 반면 인 씨 성을 가진 친구는 축구광이었다. 그에게 공을 차 달라고 하기만 하면 마다하는 법이 없었다. 공이 아무리 자신과 멀리 떨어져 있다 해도 서슴없이 달려가 공을 차 줬다. 일요일에 군영에서 강변 하류 4리나 떨어진 교련대 운동장에서 학병들과 축구를 할 때도 꼭 참가했다. 운동장에는 소똥이 많았다. 한 번은 공을 뺏다가 소똥을 보고 힘껏 내질러 차 상대방의 온몸을 소똥으로 범벅지게 만들기도 했다. 그 친구의 시력은 면전의 공과 소똥을 구별하지 못할 정도였지만 마음만은 눈처럼 맑았다. 체력이나 체격이 남들보다 못했지만 머리는 좋았다. 노는 것을 좋아해 놀기만 하면 해 지는 줄을 몰랐지만 월말시험 때면 모든 과목에 좋은 성적을 받았다. 성격도 익살맞고 쾌활했다. 임기응변에도 능했다. 모든 학교생활에 그가 없으면 안 됐다. 모두 그를 허물없이 '인 봉사'라고 불렀다. 그의 명석함을 인정하면서 동시에 그가 단명할 것이라 단정했다.

누가 그에게 단명할 것이라고 말하면 그때마다 스스로 자신의 코를 가리키며 말했다.

"형씨, 비아냥거리지 마세요. 내가 이런 코를 가지고 있는데. 여든여덟까지 살 겁니다. 아무 탈 없어요!"

한 번은 친구 몇 명이 큰 나무 아래서 장래 희망을 말하며 미래에 대해 토론한 적이 있었다. 양 씨 친구는 지방자위단을 만들겠다고 했다. 단장이 되면 갈취당하지는 않을 것이라는 이유에서다. 지주가 되는 좋은 방법이었다. 한 씨 친구는 부관이 되겠다고 했다. 자신의 아버지가 부관이니 가업을 잇겠다는 것이었다. 식량창고[常平倉]* 관리자가 되고 싶다고 한 친구도 있고 현의 산공서 제1과장이 되고 싶다는 친구도 있었다. 묘족 수비군 장교가 되어 묘향(苗鄕)으로 가 떵떵거리며 살고 싶다고 한 친구도 있고, 서량(徐良)이나 황티앤바(黃天霸)가 되어 소설 속의 의협처럼 표창을 마음대로 날리며 탐관오리를 없애고 가난한 사람을 구제하겠다는 친구도 있었다.

어떤 이가 근시인 친구에게 미래에 뭐가 될 것이냐고 물었다.

그는 자기에게 질문한 친구를 향해 엄지와 가운뎃손가락을 튕겨 소리를 내며 말했다.

"날 소경이라고 업신여기지 말라고. 난 너희처럼 무능하지 않거든. 난 위대한 사람이 될 거야! 허풍이라고 여겨도 괜찮아. 기다려 보라고. 관상을 보는 왕반시

---

* 상평창(常平倉)은 중국 고대에 쌀값을 조절하기 위해 설치한 식량창고다. 나중에 '농산물 공급 평준화'라는 뜻으로 활용되기도 했다.

앤(王半仙)이 내 코가 용처럼 생겼다고 칭찬을 했거든. 조광윤(趙匡胤)이 황제가 된 건 유도 아니라는 거야!"

그는 자신의 포부를 말하고 얼굴을 내게 돌려 손가락으로 자신의 코를 가리키면서 아무도 영웅호걸을 알아보지 못하고 있다는 기색으로 말했다.

"친구야. 너 봐봐. 너 사실대로 말해. 이런 코를 팔면 천팔백은 받지 않겠어?"

나는 급히 웃으면서 말했다.

"그럼, 그럼. 그것만 나가겠어!"

그러나 다른 일이 떠올라 저절로 웃음이 나왔다. 이전에 나는 그와 함께 강을 건넌 적이 있었다. 멧돼지 언덕인 예주포를 넘어 한 시골 사람이 포획한 표범을 보러 간 것이다. 나룻배를 타기는 했지만 무일푼이라 뱃사공에게 줄 돈이 없었다. 나룻배가 강기슭에 닿을 때 그가 말했다.

"아저씨. 오자서(伍子胥)가 곤경에 빠진 이야기, 아시죠?"

뱃사공이 말했다.

"잘 알지!"

"아시면 됐어요. 내 이 코를 확실히 기억해 두면 장

래에 이득을 볼 거예요."

뱃사공이 무슨 뜻인지를 알아차린 것 같았다. 자신의 코를 가리키면서 말했다.

"애 어르신. 뱃삯이 없는 건 괜찮아. 너도 내 코를 똑똑히 기억해 둬!"

"똑똑히, 확실히 기억해 둘게요. 잊지 못하죠. 단사코네요. 관상 책에 따르면 술 코죠. 하루에 몇 병 마셔요? 다음에 제가 취할 때까지 술을 살게요."

뱃사공은 자신의 코에 대해 자신이 있어 말했을 테지만 그 코에 대해 평한 친구의 말을 듣고는 웃음이 저절로 나왔다. 뱃사공의 코는 그야말로 방금 솥에서 건져낸 소시지처럼 새빨갰다!

당시 내 포부는 무엇이었을까? 과거 경험에 비추어 볼 때 나는 그저 각지를 돌아다니며 개인이 마땅히 감당해야 할 운명대로 살아가고 있었을 뿐, 하는 일도 없는 처지인 까닭에 더 나은 삶을 바랄 수 없었다. 그러나 나는 '시간'이라는 것이 무척 괴이한 것임을 잘 알고 있었다. 시간은 모든 사람 모든 일을 변하게 한다. 어쩌면 현재 상황이 마음에 들지 않고 잘못된 것도 있을 것이며 합당하지 않을 수도 있다. 그러나 나는 어느 정도의 시간을 가지고 이 세상과 지구 상에 살고 있는 사람들을 바꿔보고 싶었다. 먀오족의 관리가 되고 싶은 생각은 결코 없었다. 또 코나 눈의 특징을 가지고 자신감을 억지로 만들고 싶지도 않았다. 나는 코를 중시하지 않았다. 운명을 믿지 않았다. 현재 처한 상황을 인정하지 않으며 시간의 중요성을 알고 있다. 나는 삶에서 얻는 이해득실에 관심이 없다. 이 세상과 내 개인에게 시간은 중요한 의미를 갖는다고 확신했다. 나는 열심히 성실하게 살아가는 사람이 되고 싶다고 생각은 하지만 도저히 미래에 어떤 사람이 되고 싶다고는 말할 수가 없었다.

그 결과 나는 당시에도 기개가 있는 사람에는 들지 않았다.

민국 13년(1923) 쓰촨의 슝커우(熊克武)가 20만 대군을 이끌고 샹시로 넘어왔다. 바오징(保靖) 지역에서 전투가 벌어졌다. 여러 주요 건물들이 전투로 부서졌다. 학교도 우리가 철수한 뒤 방화로 다 타버렸다. 학생들은 각지로 흩어졌다. 소학교 교원이 된 이도 있고 군대에 들어간 이도 있으며 몇몇은 토비(土匪)가 됐다. 어떤 이는 산속으로 들어가 산적패의 우두머리가 됐다. 산적두목은 한 집안의 민며느리를 데리고 가서 아내로 삼았다. 그때 나는 베이징에 있었다. 편지로 그들에 대한 소식을 들으면서 흥미롭다고 여겼었다. 시간이 모든 것을 바꿔 버렸다. 강건한 이는 일어섰고 겁이 많은 이는 사라져 버렸다. 이런 세월 속에서 나는 내 동향의 친구들보다 더 심한 변화를 경험했기 때문에 친구들의 이야기가 특이하다고 여기거나 놀라지 않았다.

민국 16년이 되자 혁명군이 북벌을 진행하면서 우한(武漢)을 함락시키자 후난 성과 후베이 성 지역은 국민당의 영향권 아래 놓이게 됐다. 그때 이미 각 현 각 성에 공산당 조직이 있었다. 관례에 따라 현지 소학교 교원은 당의 적극적인 중견 간부가 되었다. 우상을 불태우고 미신을 타파하며 소학생들을 데리고 시위에 나섰었다. 현지 토호와 향신, 인민들을 착취해온 상인들에 대해 엄격하게 처벌하라고 요구했다. 미신을 타파하기 위해 사찰의 보살을 없애자고 주장하는 것은 현과 성의 당 간부가 추진해야 할 중요한 업무였다. 현지 주둔군 수장과 현 지사는 사사건건 압력을 받았다. 큰 세력을 가지고 있으면서도 감히 말을 꺼내지 못했었다. 내 양 씨 친구와 한 씨 친구는 때마침 현지 소학교 교원으로 있었다.

두 친구는 조그마한 현에서 자신의 정열을 불태우며 뭐가 뭔지 모르는 상황 속에서 당의 중심인물이 돼 있었다. 더욱이 리우(劉) 성을 가진 특파원의 지지를 받으며 아무 거리낌도 없이 마음대로 일을 벌였다. 광신적으로 일을 처리했다는 것은 여러 문제에 대한 그들의 인식이 너무나 천진난만했음을 증명하는 것이다. 당연히 후폭풍이 이어졌다. 곳곳에서 청당(淸黨)운동이 계속 벌어졌다. 지방군 지도부가 처벌활동분자라는 밀명 아래 두 친구를 현에서 열린 회의에 참석해 달라고 요청하여 학교 밖으로 불러냈다. 두 친구가 회의장에 들어서자마자 성(省)의 지시임을 선포하고 친구들의 옷을 벗긴 후 미리 대기하고 있던 병사들이 에워싸 서문 성 밖으로 끌고 가더니 참수해 버렸다.

근시인 친구는 북벌군이 후난에 막 도착할 무렵 창사(長沙) 당무 학교에서 훈련을 받고 있었다. 북벌군이 우한을 안정시키고 창장 하류를 점령해 나갈 때 그는 마오쩌둥(毛澤東) 위원의 조수가 돼 있었다. 해진 군복을 입고 매일 마오쩌둥을 따라 각지를 돌아다녔다. 열광적이고 흥분에 들뜬 나날이었다. 그는 '위인'이 되려는 계획을 진행하고 있었다. 그 친구는 31군 정치부 고향 주둔군에서 내가 베이징에 박혀 있다는 소식을 들었던 모양이었다. 붓 한 자루를 가지고 천하를 평정한다는 것이 백일몽에 지나지 않는다고 생각한 듯했다. 내게 편지를 보냈다.

"친구야. 너야말로 진정한 사나이지! 그러나 많은 곳 많은 일들이 너를 기다리고 있는데 굳이 붓만 꽉 붙들고 있겠다는 건가? 너 아직 코를 아끼던 옛 친구를 기억하니? 베이징에서 무슨 소설 쓴다고, 더 이상 눌러앉아 있지 마. 이 세상에 네가 쓴 그런 소설을 읽으려 하는 사람은 이제 없어. 우한으로 나를 찾아와. 네 친구가 어떻게 살고 있는지 보고 싶지 않아? 걱정하지 마. 네가 원하는 대로 다 해줄 수 있어. 이전에 내가 소똥을 찬 적 있지. 하지만 지금은 모든 게 달라졌어. 지금 난 어떤 것도 다 찰 수 있어……."

친구는 분명 그가 쓴 편지 한 통이 하마터면 나를

베이징 감옥 속으로 차 넣을 뻔했다는 것을 생각지도 못했을 것이다. 친구의 편지를 받은 후 나는 여관 검문 경찰에게 네다섯 번 불려 갔었다. 바보 같은 질문을 수차례 받고 화가 난 김에 편지를 불태워 버렸다. 당시 나는 회신하지 않았다. 마음속으로 생각했다. '네가 이전처럼 너의 코를 믿고 있다 해도 무방해. 나 또한 내 손을 미신처럼 맹신하고 있다고 해도 괜찮아. 기다려 봐. 이삼 년 지나고 나서 보자고.'

오래지 않아 난징과 우한의 좌우분열로 인한 청당 사건 발발로 수천수만의 청년들이 실종되었다. 어디로 갔는지 알 길이 없었다. 우한에 구치앤리(顧千里), 장차이전(張采眞)…… 등 많은 친구들이 있었지만 그때 이 세상에서 사라져 버렸다. 코를 자랑하던 친구 소식도 다시는 들을 수 없었다.

많은 사람들이 북벌 시기의 후난 성과 후베이 성 청년들의 혁명에 대한 열정을 이야기하는 것을 들었다. 나는 정치에 대해 이해가 부족하고 아무런 흥미를 갖고 있지는 않지만, 그런 민족적 정열에 대해서는 존경하고 머리가 숙여진다. 도대체 어떻게 이렇게 돼 버렸는가?

나는 조금 더 알고 싶다. 이 민족의 열정을 따져 보면 모두 사람의 피로 씻겼다. 시간이 흘러 지금 뒤돌아보더라도 아무런 흔적도 찾을 수 없다. 하지만 '잘 잊어버리는 것이 사람의 본성'이라 여긴다. 사람들의 환호와 공포의 인상 속에서 많든 적든 간에 내게 지극히 새롭다 할 수 있는 어떤 것을 발견해 낼 수 있지 않을까. 그래서 후난으로 돌아갈 때 희망을 가지고 있었다.

창사에 있을 때 청년 학생 다섯이 나를 찾아왔다. 창더(常德)에 있을 때도 고향 청년 학생 일곱을 만났다. 그들과 이야기를 나누면서 '인간도살자'가 제창한, 공부하면서 투쟁하자는 정책으로 인해 곤혹스럽고 어떻게 해야 좋을지 모른다는 것을 알게 됐다. 또 한편으로 몇 년 동안 각종 국내의 크고 작은 신문의 문단 소식에 속아 모두 의기소침하며 초라하고 범속한 사람들이 돼 버렸다는 것이다. 나를 보자 다른 것은 얘기하지 않고 사십여 개의 '문단 소식'의 진위를 확인해 달라고 했다. 자신들이 사회를 위해 할 수 있는 것이 무엇이고 어떤 사회를 희망해야 하는지 갈피를 못 잡고 있었다. 삶에 대한 신념도 갖지 못하면서 저명하다고 으스대며 허장성세로 이목을 끄는 네다섯 작가들에 대해 큰 관심을 가지고 있었다. 그러면서 시인이 되려고 하였다. 아무렇게나 시 한두 편을 쓰고는 그것이 활로라 여기고 있었다. 그들에게서 지방의 미래 운명을 헤아려 봤다. 사람의 정신에서부터 자질구레한 일까지 지방은 타락하고 썩어 문드러졌다는 것을 간파하였다. 그 청년들은 정신상 영양 부족에 걸려 있었고, 모두 온순한 양이 돼 버렸고, 겁쟁이가 돼 버렸다. 한 마디로 끝장났다.

천저우(辰州)를 지날 때 몇몇 청년 장교들에게서 나는 다른 희망을 얻었다. 그들과 이야기를 나누면서 소중한 견해를 많이 얻었다. 그들은 신념도 없고 환상도 가지고 있지 않았다. 가장 결핍된 것은 정신적인 기쁨이었다. 눈앞의 엄중한 현실이 그들을 바짝 죄고 있었다. 군비가 부족하고 지역 경제는 고갈됐으며 환경은 더 열악해졌다. 그들은 자신들이 이미 썩었고 분해돼 버렸다는 것을 알고 있었다. 내 앞에서 그들이 가지고 있는 고민들을 하나도 남기지 않고 털어놓았다. 그들은 모든 것을 명백히 알고 있었지만, 그것들을 해결하는 데는 무기력했다. 그러나 그들은 젊다. 그래서 자신들이 소멸돼 버릴 것이라는 우려가 그들을 분발하게 하여 떨쳐 일어나게 만들 것이다. 비록 그들은 환상을 가지고 있지 않았지만, 더 이상 갈 곳이 없는 궁지에 몰리면 환상의 이끎을 받아들일지도 모를 일이다. 이미 그들은 습관화가 돼 버린 예전 통치 방식이 심하다는 것을 알고 있기 때문에 그들에게 앞장설 기회가 주어진다면 생존과 멸망의 갈림길에서 선택을 해야 한다는 것을 잘 알고 있었다! 그러나 그들은 평소 신문을 읽고 잡지를 보고 있었다. 그렇기에 때가 되면 그들도 스스로를 죽일 수도 있다. 아무런 희망도 없다고 여기게 되면 퇴폐적인 심사가 생겨 계집질과 도박에 미쳐 자신을 죽일 것이다!

내 여행의 종점에서 하루 거리에 있는 타후(塔伏)에 이르러 다리 어귀에 있는 객점에 머물렀다. 짐을 풀었는데도 아직 날은 어두워지지 않았다. 주인이 현지에 몇 집이 있고 아편 상점이 몇 집 있는지 내게 얘기하고 있는데 갑자기 다리 동쪽에서 떠들썩한 소리가 들렸다. 한 무리의 사람들이 지난 후 잇달아 베이징식 가마가 왔다. 일행들은 다른 객점 문전에 멈춰 섰다. 어떤 관리의 행차임이 분명했다. 내가 머문 곳이 황량하고 한랭한 지방인지라 그 관리와 얘기를 나눌 수 있게 알고 있는 사람이었으면 하고 바랐다. 나를 수행하는 후추(虎雛)에게 관리가 누구인지 알아보라고 보내려 하는 찰나, 생각지도 않게 한 사람이 가마를 내리자마자 내 쪽으로 곧바로 걸어왔다. 모제르총을 찬 호위병이 나에게 물었다.

"선생님 성이 선(沈) 씨이신가요? 국장님이 오셨습니다!"

큰 키에 마른 사람이 보였다. 원기 왕성한 얼굴에 대모테 근시 안경을 쓰고 있었다. 내 앞에 서서 악수를 하자는 듯 마른 양손을 내밀었다. 내가 입을 열기도 전에 그가 큰 소리로 말했다.

"선생. 나 모르시겠는가. 분명 잊었을 거야. 봐, 이거!"

그는 코를 가리키면서 하하하 크게 웃었다.

"너 설마 인 봉사?"

"친구. 인 봉사, 그래 나야!"

보기 좋은 코를 보니 정말 그가 아닌가! 무척 기뻤다. 그는 우수(烏宿) 지방의 조달국장으로 있는데 기부금을 호송하여 돌아가는 중이라는 것이었다. 이 지역에 오기 전에 베이징에서 고향으로 가는 선 씨가 있다

는 밀정의 보고를 받고 분명 나일 것이라 확신했다는
것이다. 나라는 걸 확인하였으니 그가 얼마나 기뻤는
지 가히 짐작할 수 있었다.

　우리는 저녁을 먹을 때까지 얘기를 나눴다. 식사 후
계속 얘기 나누자고 하면서 호위병에게 귀한 아편도구
를 가져오라 시켰다. 아편도구를 담은 손바구니는 무
척 정교하게 짜여 있었다. 실로 귀중한 예술품이라 할
만했다. 아편 도구들을 알맞게 진열한 후 내가 거듭 칭
찬을 하니 그 물건들의 유래에 대해 설명을 했다.

　"아편담뱃대는 구이저우 성 주석 리샤오앤(李曉炎)
의 것이고 작은 등은 쓰촨군 장군 탕즈모(湯子模)의 것이
고, 함은 쳰(黔) 성 군단장 왕원화(王文華)의 것이며 부싯
돌은 윈난(雲南) 성 지주산(鷄足山)의 것이고……."

　그 물건들은 모두 출처가 있었다. 모두 역사와 예술
가치가 있는 그야말로 골동품이었다. 손바구니는 구이
저우 성 아편 조직의 두목이 특별히 만들어 국장에게
선물했다고 했다. 바구니를 뒤집어 밑바닥을 보니 글
자 몇 개가 정교하게 수놓아 있었다! 그에게 왜 아편을
피우게 됐냐고 물었다. 숨김없이 대답했다. 북벌 이후
자신의 코에 대한 믿음이 없어져 버렸다고 했다. 아편

을 피우게 되니 반대쪽 사람들에게 적으로 받아들이지 않게 되었다고 했다. 이쪽이나 저쪽이나 되는대로 아무렇게나 잡아올 필요가 없게 됐다고 말하면서 한 손으로 자신의 목에 대고 싹둑 자르는 시늉을 했다. 그런 것이 해결 방법이 아니라는 표시로 고개를 절레절레 저었다. 자신은 '아Q'가 아니라서 그런 '소란'스러운 것을 좋아하지 않는다고 했다.

우리는 진귀한 아편도구 옆에서 밤새 얘기를 나눴다. 실로 또 다른 『천일야화』를 읽은 것 같았다. 하룻밤 사이 나는 많은 지식을 얻었고 기이한 것들을 들었다.

나중에 은호 파오즈 가격에 대해 얘기하게 되었다. 그는 창파오를 한쪽으로 벗고 아름다운 모피를 만지면서 얘기했다.

"친구야. 이거 은화로 삼백육십이나 나가. 정말 좋아! 사람들이 '소경, 소경, 너 나이 아직 서른밖에 안 됐는데 그렇게 두꺼운 여우 털을 껴입으면 뼈가 삶아지지 않겠어'라고 하거든. 그래, 그래도 되지 뭐. 삶아버리겠다면 삶아버리라고 해. 내 이 한목숨, 어찌 됐든 주워온 건데. 입지도 않고 먹지도 않으면 뭐해. 삼십 년을 더 살 수 있다한들 그 삼십 년도 내가 빚지는 건데."

내가 여행을 하면서 보고 들은 것을 친구에게 말했다. 풍운이 일어날 징조를 느낄 수 있느냐고 물었다. 그리고 친구가 눈앞에 벌어지는 모든 것에 확실히 알고 있을 텐데 미래를 어떻게 준비하면 되겠느냐고도 물었다. 그는 군대에서 살아가는 것도 방법이 아니고 산속에 들어가 산적패가 되는 것도 생로는 아니라고 했다. 그는 소설을 쓰고 싶다고 했다. 아편도 끊고 자신이 가지고 있는 아편도구도 역사가 있는 진귀한 것이니 중앙박물관에 기증하고 싶다고 했다. 나와 함께 상하이로 가서 마오둔(茅盾)이나 라오서(老舍)와 운명을 겨루고 싶다고도 했다. 아직도 자신은 자신의 능력을 믿는다고 했다. 단지 자신의 손에 대해서는 회의가 들기도 한다는 것이다. 6년 동안 아편 담뱃대에 불을 붙이는 것에만 초점을 맞췄고 해서(楷書) 한 장도 써보지 않았기 때문이라고 했다.

날이 밝자 우리는 함께 떠날 준비를 했다. 내가 성에 도착하면 친구 몇 명을 불러 한 씨 친구와 양 씨 친구의 무덤을 찾아가 보자고 했다. 친구는 놀란 모양이었다. 급히 뒷걸음치며 말했다.

"이 친구야. 너 정말 내가 아편을 끊을 거라 생각했
냐? 내 마누라는 내가 아편 끊는 것을 허락하지 않아.
너 정말…… 베이징에서 온 놈은 그야말로 도시 촌놈
티를 못 벗어. 아무것도 몰라. 시골에 가면 그곳 풍속을
알아야 하거늘. 너 정말……."

　나는 그의 말뜻을 이해했다. 현에 도착하면 이 친구
혼자서는 나를 찾아오지 못할 것 같다는 생각이 들었
다. 내가 고향에서 사흘을 머물렀는데도 내 생각대로
그 사랑스러운 친구와 다시는 만나지 못했다.

1935년에 쓰다.

[原載 1935년 5월 『水星』 2권 2기]

1940년 1월 21일 뒤 2절을 교정하였다. 황혼이다. 하늘은 어슴푸레해졌고 산 숲은 검푸르다. 미풍에 유칼립투스는 깨달은 바가 있는 듯 흔들거린다.

5월 8일 여러 군데를 교정하였다. 발이 붓고 아프나. 날씨는 후덥지근하다.

10월 1일 쿤밍(昆明)에서 재교정하였다. 시내가 대대적으로 폭격을 당해 수백 채의 가옥이 부서졌다.

1980년 1월 쟈오허(兆和)와 함께 교정을 마쳤다.[*]

다시 찾은 등회생당滕回生堂

　나는 여섯 살쯤에 감질(疳疾)에 걸려 얼굴이 누렇게 떴었다. 밖에 나가면 아이들이 뒤에서 "원숭이야, 원숭이"라고 부르며 놀려댔다. 고개를 돌려 쳐다보면 입을 벌리고 이를 드러내 원숭이 흉내를 내며 비웃었다. 달려들어 싸울까, 사람이 너무 많잖아. 못 들은 척 하지 뭐, 지방 사람들이 품성이 별로인 걸 뭐. 그래도 부끄럽기도 했고 화도 났었다. 외할머니는 나를 위해 온갖 방법을 다 동원하였다. 하녀나 물 긷는 사람, 석탄 파는 사람과 건너편 가마 임대업을 하는 노부인의 말을 듣고서 뜨거운 재로 구운 '바퀴벌레'나 '사군자(使君子)'를 먹이기도 했다. 벼락 맞은 대추나무 잿개비나 황색 부적을 태운 그런 종류의 약을 먹이기도 했다. 어르기도 하고 달래기도 하며 기괴한 것들을 내게 먹였다. 온갖 기이한 민간 처방으로 병을 고치려 했으나 회충만 한 무더기나 나올 뿐 낫지 않았다. 나는 더 이상 크지 못했다. 갖은 약으로 고치지 못하는 병은 습관적으로 '운명'과 관련 있다고 생각했다. 집안 사람들이 고약한 내 운명에 실망한 건 당연한 일이다.

내 운명에 관심을 가진 아버지는 점치는 토박이 의사를 특별히 초대하여 내 운세를 보게 하고 운명적으로 씌워진 악운을 액막이하려 했었다. 점치는 사람이 내 생년 천간지지를 배열한 후 아버지에게 건의하였다.

"어르신, 도련님을 어딜 가도 살 수 있는 능력이 출중한 사람에게 양아들로 보내세요. 매일 가죽과 닭 간을 잘 달여 먹이십시오. 반년이면 씻은 듯 나을 겁니다. 내가 보장하지요. 병이 낫지 않으면 내 회생당(回生堂)이란 간판을 떼어 내 강물에 던져버릴 겁니다요!"

아버지는 군인답게 주저하지 않고 대답했다.

"좋습니다. 말대로 하지요. 오늘이라도 좋으니, 우리 집에서 술 한잔 하지요. 다른 사람 찾을 것 없이 양아들로 보내겠습니다."

호쾌하고 단순한 두 사람이 함께했으니 내 운명도 그들에 의해 결정돼 버렸다.

내가 태어난 지역의 풍속을 모르는 사람은 내 아버지의 기개가 희한하다고 생각할지도 모른다. 사실 당시 점치는 사람이 '어르신, 도련님을 성 밖 보루 옆에 있는 감탕나무에게 양아들로 보내십시오'해도 아버지는 그대로 했을 것이다. 현지 풍습으로는 일상적으로 수목이나 기괴하게 생긴 바위에게 양아들로 사 오십 명을 보내기도 했다. 외양간에든 우물에든 양아들로 보낸다고 해도 사람과 신이 같이 사는 것이니 조화롭다고 여길 뿐 주저할 게 없었다.

그렇게 맺은 내 양아버지는 점치는 것 외에 민간처방 의사로도 유명했고 무예의 달인이기도 했다. 뾰족한 입과 원숭이 볼과 같은 얼굴을 하고 누런 눈에서는 형형한 빛을 발했다. 키는 작달막했으나 원대한 포부를 가지고 있었다. 가장 번화한 중심 지역인 동문 다리 어귀에 점포를 차리고 '등회생당(滕回生堂)'이라는 옥호를 붙였다. 기다란 다리 양옆에 스물네 개의 점포가 있었다. 그중 네 점포가 교각 위에 있어 비교적 넓었는데 여러 해 동안 교각 하나를 차지하고 있었다. 점포는 앞뒤로 나뉘어 있어 앞은 약국으로 사용했고 뒤쪽은 주거용이었다. 점포에는 영양 뿔, 천산갑, 말벌집, 원숭이 머리, 호랑이 뼈, 우황, 말 결석 등 없는 거 없이 진열되어 있었다. 대부분은 약초로 수백 가지가 넘었다. 초근목피들이 한 묶음 한 묶음 산처럼 쌓여 있었다. 집안에는 일 년 내내 탕약 끓이는 냄새가 가득했다.

점포에 있는 방의 창문은 강을 향하고 있었다. 강을 오가는 땔나무 배, 쌀 배, 사탕수수 배들을 내려다볼 수 있었다. 하상 하류 약 반 리 못미처 물길을 바꾸는 까닭에 창을 마주하여 높은 산이 솟아 있었다. 그 산봉우리는 봄여름에는 녹색을 띠고 가을에는 황색을 띠었다. 겨울에는 연무에 싸여 있을 때가 많았다. 구름이 남색을 가릴 때면 눈부신 하얀 색을 뿜냈다.

집 한쪽에는 청룡언월도, 제미곤(齊眉棍), 연가, 초파 등 각종 무기가 진열돼 있었다. 그 외에 통 같으면서도 통도 아니고 대야 같으면서도 대야도 아닌 것이 있었다. 그것은 내 양아버지가 젊었을 때 참공(站功) 수련할 때 썼던 보물이었다. 그는 납궁(拉弓)을 배웠다. 다리 자세를 정확하게 잡기 위해 매일 밤 수통에 웅크려 밤을 새웠다. 기력을 증진시키고자 매일 아침 통에서 나올 때마다 드렁허리의 신선한 피를 마셨다. 2년 동안 물통을 끼고 살았고 드렁허리 수백 마리를 먹었는데도 시험을 칠 때 다른 종류의 무예를 익힌 사람으로부터 출신 성분이 불투명하다고 지적을 받아 시험 자격을 박탈당했다. 그래서 양아버지는 울컥한 마음에 고향을 떠나 무사들이 모여 있는 평황(鳳凰) 현에 들어와 의술을 펼치며 살고 있었다. 사람 됨됨이가 진솔하고 기개가 넘쳤다. 술을 좋아하고 무술에 능통했기 때문에 사람들과 잘 어울렸다. 생활도 안정돼 있었다. 의사가 됐으면서도 자신이 단련했던 나무통을 버리지 못하는 것을 보면 그 보물을 여전히 아끼고 있음을 짐작할 수 있었다.

그 집에는 부인과 두 아들이 있었다. 부인은 일 년 중 반년은 소매통 속에 손을 집어넣고 도기화로가 들어 있는 조그마한 대바구니를 옷 속에 넣어서는 손을 녹였다. 커다란 고양이처럼 실눈을 뜨고 약재 사이에 앉아 있었다. 두 아들 중 큰 애는 요리를 배우고 작은 애는 학교에 다녔다. 부부는 옥상에 살고 두 아들은 아래층 교각 위에 살았다. 넓지는 않지만 목판을 끼워 자그마한 창과 문을 만들었는데 통풍은 안 되지만 빛은 잘 들었다. 쐐기형으로 된 교각의 돌 틈 사이에 포도나무 한 그루가 있었다. 처한 환경이 유난히 좋아 매년 많은 포도송이가 달렸다. 그 외에 쇠무릎, 삼칠초, 공작고사리, 하수오가 심겨 있는 화분이 놓여 있었다. 기이한 것은 '양귀비'라는 이름을 가진 약초였다. 윈난(雲南)에서 가져온 것인데 눈부실 정도로 염려한 붉은 꽃이 폈다. 꽃이 진 후 가지 끝에 녹색 열매가 달리는데 열매 속에 아편이 있다고 들었다.

당시 성안 사람들 중 아무도 양귀비를 본 적이 없어서 멀리에서 구경 오는 사람들이 꽤 있었다. 현지의 발공(拔貢)이 그 희귀한 식물을 찬미하는 칠언율시 두 수를 지어 회생당 무기 진열실 벽에 붙여 놓았었다.

교각은 강 수면에서 4장이나 높았는데 밑으로 흐르는 강물은 좀 깊었다. 강에는 잉어와 쏘가리가 많았다. 두 형제가 긴 줄에 낚시를 묶어 조기 조각 하나를 꿰고 밤새 물에 놓아뒀다가 이튿날 걸어 올리면 대어가 올라

올 때가 많았다. 그러나 양아버지는 그런 낚시를 허락하지 않았다. 그런 요령을 부리는 것은 남자라면 해서는 안 된다는 이유에서다. 그렇게 아들들을 타이르면서 낚은 고기가 죽었든 살았든 강물에 던져버리는 경우도 있지만 고기를 구워 손님을 접대할 때도 있었다.

양아버지는 아들들이 교련장에서 장병들에게 도전하여 싸움을 벌이도록 했다. 큰아들이 머리가 깨져 피를 흘리며 집에 돌아오면 아버지란 사람은 비방약품을 발라주면서 "괜찮아, 괜찮아. 사흘이면 다 나아. 너 왜 내가 가르쳐준 방법으로 먀오족 놈을 쓰러뜨리지 않았어?"라고 다독거렸다. 어떤 때는 화가 치밀어 아들의 이마를 치기도 하고 벌을 내리기도 했다. 그런 그의 기색을 보면 나무통에서 웅크리고 단련을 했으면서도 무예 시험에서 떨어진 것을 치욕이라 생각하는 의식이 여전히 남아 있음을 알 수 있었다.

내가 그런 양아버지를 얻었으니 내 운명에 또 하나가 자연스레 덧붙여졌다. 바로 '약 먹기'였다. 나는 회생당에서 백 가지가 넘는 초약을 먹었다. 내가 만약 이후에 장생불로 한다면 분명 그 당시 초약을 먹은 결과이리라. 나는 마땅히 그때의 내 운명에 감사를 해야 할 것이다. 약을 복용하는 경험에서 많은 약초의 맛과 성질, 그리고 겉모양을 분별해 낼 수 있기 때문이다. 또한 나는 초목을 판별하는 데 흥미를 갖게 되었다. 두 번째로 나는 2년여 동안 닭의 간을 먹었다. 그 약재들과 닭의 간은 이후 내 체질과 성정에 커다란 영향을 미친 것은 분명하다.

그 다리 위에는 양품점, 돼지고기 소고기 양고기 정육점, 폭죽 상점과 기성복 상점, 이발관, 포목점과 소금집이 있었다. 나는 회생당에 진찰받으러 갈 때마다 모든 점포와 인연을 맺을 수 있었다. 그 다리가 좋았다. 사회의 축소판이었다. 그곳에서 각종 직업을 이해하게 됐고 다양한 부류의 사람들을 알게 됐다. 배가 불룩하고 얼굴 가득 수염이 난 백정은 좁고 긴 탁자에 맞대 서서 보물인 칼을 휘두르며 '탁'하고 잘린 고깃덩이를 아무렇게나 무게를 재고 뒤쪽으로 툭 던지면 바구니 속으로 정확히 들어갔다. '진관서(鎭關西)'같은 인물로 풍채가 당당했다. 일을 할 때는 흉악하고 난폭하다 싶지만 매일 돼지 척수를 가지고 회생당에 가서 술을 마실 때는 정말 남다르게 부드러운 사람임을 알게 된다!

그 외에도 이발사, 재봉사와 같은 사람들을 알게 됐

다. 그들이 하는 일을 보고 그들이 나누는 이야기들을 들으면 모든 것이 다 새로웠다. 나는 그곳에서 많은 것들을 배웠고 많은 일들을 알게 됐다. 내가 배우고 알게 된 것은 학교에 다니면서 책에서 배운 지식보다 흥미로 웠고 쓸모 있었다.

그 점포들은 단오절이 되면 내가 쓴 『변성邊城』의 상황과 똑같이 진행됐다. 강에서는 용선경기가 벌어졌다. 다리 아래를 지날 때 다리 위에서 폭죽을 갈고랑이로 다리 아래와 조각루 아래로 늘어뜨려 터뜨리면 파바팍 파바팍 소리가 울려 퍼졌다. 여름에 물이 불면 상류에서 빈 배나 가축, 땔감들이 떠내려 왔다. 상인들은 의협심에서든 이기심에서든 앞다퉈 용감하게 창문에서 뛰어들어 헤엄쳐 쫓아갔다. 아무리 멀리 떠내려갔더라도 결국에는 건져냈다. 사람을 구하는 데 있어서 양아버지는 누구보다 앞장서서 물에 뛰어들었다.

양아버지는 혼자서 호랑이를 잡고 싶어 했었으나 기회가 오지 않았다. 그는 점혈술(點血術)*을 할 줄 안다

---

* 점혈술(點血術)은 '오파겸(五把鉗)'이라 한다. 점혈법(點穴法)의 하나라고 한다. 정확한 시간을 계산해 내어 특정한 수법으로 점혈 하면 귀신도 모르게 흐름을 끊을 수 있어 아무런 증거도 남기지 않고 죽일 수 있다는 민간에 전해오는 것이다.

고 했지만 누구의 혈을 끊어 죽게 했다는 말은 들어보지 못했다. 전형적인 마양(麻陽) 지방 사투리를 구사했는데 말을 하면 늘 밝고 유쾌한 인상을 줬다.

민국 22년(1933년) 음력 12월 19일 그 커다란 다리를 떠난 후 근 12년 만에 다리 어귀에 들어섰다. 내 고향이요 인생을 배운 내 학교다. 생각해보라, 당시 내 가슴이 얼마나 두근거렸을지를!

마을에서 20리 떨어진 곳에서 흐르는 강물을 바라봤다. 강 옆으로 거슬러 올라가며 펼쳐진 아름다움, 강변 따라 끊임없이 줄지어 뻗쳐있는 대나무 숲, 짙푸른 비췻빛 산봉우리, 밝고 맑은 햇볕 아래의 제지 공장, 제당 집, 수력 제분기와 무자위, 이 모든 것들이 너무나 나를 감동시켰다!

잠시 후 보루 아래서 제복을 입은 의용병이 머리에 상포를 두른 젊은 부인을 배웅하고 있었다. 검은 얼굴에 조그만 입술, 코가 오뚝한 젊은 부인은 내가 이전에 썼던『펑즈凤子』소설 속 인물을 떠올리게 했다. 노래를 부르고 있지는 않았지만, 그 부인의 영혼은 노랫소리 속에서 성장했을 것이다. 내 소설 속 분위기에 빠져들자 매혹 속에 마비돼 버렸다. 환경과 분위기는 익숙한 것 같지만 사실 모든 게 생소한 것들인데!

다리가 보이기 시작한 것은 오후 2시쯤이었다. 바로 시장이 가장 북적거릴 때였다. 나는 먀오족들 무리와 시골 사람들 사이로 밀치락달치락 부대끼며 다리에 올랐다. '등회생당' 간판을 찾았으나 보이지 않았다. 집으로 돌아가서도 묻지 않았다. 이튿날 아침 일찍 외출할 기회가 있어 다리를 찾아갔다. 주의를 기울이며 점포 하나하나 확인하며 걸었다. 마침내 다리 어귀 남단에 조그마한 점포가 눈에 들어왔다. 점포에는 각종 잡화가 쌓여 있고 물건 사이에 바짝 마른 원숭이 같은 중년인이 앉아 있었다. 잠긴 듯 잠기지 않은 듯 작은 눈을 가늘게 뜨고 있는 모습을 보고 있자니 내 양어머니가 떠올랐다. 내 의형이 아니라면 누구겠는가? 내가 재빨리 다가가자 그 사람이 말했다.

"아, 뭐 찾으셔?"

"송린(松林) 아니신가요?"

집안에서 아이가 울기 시작했다. 소리 나는 쪽을 가만히 보니 잡화 무더기 사이에 원형 나무통이 보였다. 그곳에 쌍둥이처럼 보이는 아이 둘이 자고 있었다. 나는 나무통이 저런 용도로 사용될 것이라고는 전혀 생각을 못했었다. 아무 말도 나오지 않았다.

잠시 후 내가 누구인지를 밝혔다. 나를 물끄러미 한참을 바라보다가 누구인지 알아차린 듯 허둥지둥 내 손을 비비며 급히 삼 더미 위에 앉으라 했다.

"너로구나! 마오린(茂林)이구나……!"

'마오린'은 내 양아버지가 지어주신 이름이었다.

내가 말했다.

"예. 접니다! 저 왔어요! 어르신은?"

"5년 전에 돌아가셨어!"

"형수님은?"

"6월에 세상 떴어! 저 강아지 둘만 남겨두고."

"둘째 형 바오린(保林)은요?"

"천저우(辰州)에 있지. 너 못 만났어? 왕춘(王村) 금연국장이 됐어. 출세했지. 똑똑한 아내를 얻어 시골에 30무 밭도 사고. 지주가 됐지!"

나는 사방을 둘러봤다. 점을 치는 탁자가 보이지 않았다. 간판도 보이지 않고 초약만 눈에 띄었다.

"점 안 치세요?"

"운명이란 게 손 위에 있는데."

말을 하면서 엄지손가락을 곧추세웠다.

"이곳엔 점칠 수 있는 운명을 가진 사람이 없어!"

"약도 안 파세요?"

"시내에 국가 직영 약국이 네 곳이 있고 양약국은
세 곳이고. 시내에서 초약을 팔고 있는 묘인들도 너무
많고. 장사가 될 턱이 있나!"

약을 팔지 않는다고 말은 했지만 좁은 집안에는 초
약 봉지가 가득 쌓여 있다. 그리고 때마침 '일점백(一
點白)'이라 불리는 전문 복통 치료 약을 사러 온 병사가
있었다. 약을 찾아 건네주고서 백 전에 해당하는 동전
을 집어 들고 내게 가만히 웃었다. 약을 사러 오는 사람
은 많지 않은 듯 마수걸이인 모양이었다.

그는 막역하게 이런저런 옛이야기를 늘어놓으며 나
를 살피다가 갑자기 물었다.

"너 베이징에서 온 건가, 아님 난징에서 오는 길
인가?"

"전 베이징에서 일하죠!"

"무슨 일을 하는데? 중앙에 있어? 선통(宣統)[*] 황제의 부하야?"

중앙이란 게 존재하지도 않고 선통의 부하도 아니라고 알려줬다. 그는 믿을 수 없다는 표정으로 고개만 끄덕였다. 의형은 안선을 위해 어쩔 수 없다는 듯 구석쪽으로 자꾸 뒷걸음쳤다. 마음속으로 분명 역사에 없었던 단어가 의형을 어찌할 줄 모르게 한 모양이었다. '너 공산당이냐?' 묻고 싶었지만 입 밖으로 나오지 않는 것이다. 겁을 먹은 게 분명했다. 그는 조용조용 혼잣말을 했다.

"몇 년 전에 시내에서 두 명이 죽임을 당했어. 한 칼에 한 명씩. 한안스(韓安世)는 한라오빙(韓老丙)의 아들이지."

한 사람이 아편 흡입용 쇠파이프를 사러 왔다. 그는 앞쪽 점포를 가리키며 그곳으로 가라고 했다. 나는 다리 위에 있던 점포들이 주택으로 바뀐 까닭을 물었다. 의형이 다리 위에는 아편 피우는 점포가 열 채나 있다고 했다. 모르핀을 살 수 있는 집이 세 채, 그 외에 아편

---

[*] 선통(宣統: 재위 1909~1912) : 청대 마지막 황제인 푸이(溥儀)의 연호.

도구를 파는 잡화점이 다섯 곳이나 있다고도 했다.

점포를 나와 시내를 지날 때 아편을 운송하는 판매 조직을 만났다. 호송병 2개 대대가 현지에서 만든 최신형 반자동 소총을 메고 호위하고 있었다. 기다란 대열을 형성하고 있었다. 그들이 호송하고 있는 삼백이십여 짐이나 되는 아편은 모두 구이저우에서 온 것이다.

나는 이튿날 강변에서 다리를 배경으로 기념사진을 찍을 계획을 세웠었다. 교각을 보자 27년 전 그곳에서 자라던 양귀비가 떠올랐다. 동시에 현재 아편 점포와 아편도구를 파는 점포들이 즐비한 현실이 어른거렸다. 다리의 어제와 오늘 상황이 사진을 찍고자 했던 용기와 흥미를 모두 잃게 만들었다.

1934년 12월에 쓰다.

[原載 1935년 1월 『國聞周報』 12권 2기]

역자후기

　자신이 걸었던 지난날의 자취를 하나하나 써내려간 선총원의 문장을 접하면서 '아름다움[美]'이란 무엇인지를 알게 되었다. 시골 사람의 성품을 가지고 자신이 겪었던 이야기들과 자신이 추구했던 '꿈'을 글로 우리들 앞에 펼쳐 놓았다.

　홀로 자신의 이야기를 가지고 시류와 영합하지 않으면서 '인성'의 과거와 현재, 그리고 미래에 아름다움으로 다가갈 수 있도록 혼신을 다했다. 자신의 꿈을 현실화시키기 위해 자기 스스로 실천에 옮기면서 우리들에게 왕성한 생명력이란 무엇인지를 일깨워 줬다. 그런 선총원의 아름다움을 더불어 느끼고 사색하고 싶어 우리글로 옮기고 싶었다.

그러던 중 『샹시행 잡기湘西散记』를 접하면서 위안장 유역의 풍광과 인정, 꺾일 줄 모르는 생명력과 인성의 금석을 마음속에 담게 되었다. 기억의 여행이었다. 고향을 찾아가며 보고 듣고 느낀 강가의 생명과 황혼, 밤, 조각루의 '생활사'를 잔잔하게 펼쳐 놓아 그 현장으로 나를 곧바로 이끌었다.

사랑하는 이에게 이야기를 건네는 것처럼 물 흐르듯 자연스레 써내려간 문장을 옮기면서 중국어 특유의 긴 문장을 어떻게 처리할까 고민에 빠졌다. 『자연의 아들从文自传』을 번역할 때와 똑같은 번뇌다. 우리 언어로 옮기는 것이니 우리 것으로 만들어야 할 것이라는 주변의 권고도 있었고, 나 또한 아름다운 문장이란 독자들이 쉬이 받아들일 수 있어야 공감대를 형성할 수 있다는 생각도 있었다. 하지만 선총원의 문체의 맛을 나름대로 살리기 위해서는 될 수 있는 한 작가의 문장을 읽기 좋게 자르지 않고 연이어 옮기려 노력하였다.

그러다 보니 생경함을 벗어나지 못했다. 읽어 내려감에 어색하고 마음에 직접 와 닿지 않게 돼 버렸다. 이는 번역자의 능력의 한계에서 빚어진 것. 그러면서도 익숙하지 않은 중국 작가의 문학세계를 알린다는 것에 의미를 두면 되지 않겠느냐는 마음에 주변의 눈총을 무릅쓰고 출판을 감행했다.

통속의 틀을 벗어나지 못한 현실에서 누가 쉬이 이런 글을 읽으려 할 것인가. 인문학을 강조한다는 것은 그만큼 인문학이 우리들에게서 멀리 떨어져 있다는 것을 역설적으로 보여주는 것이 아닌가. 잘 알려진 이들을 쫓으려고만 하는 지금, 어느 누가 익숙하지 않은 중국 문인의 책을 찾을 것인가. 이러한 상황을 잘 알고 있으면서도 출판을 허락해주신 어문학사에 감사를 드린다.

야만의 땅이라 깎아내리는 묘향에서 자신의 자취를 아름다움으로 다가서게 한 선총원의 글이 우리들에게 생명력으로 다가올 수 있기를 희망한다.

한라산 아래에서
이권홍

선충원 단편선집

수달피 모자를 쓴 친구

초판 1쇄 발행일 2015년 6월 30일

글 선충원(沈從文)
옮긴이 이권홍
펴낸이 박영희
책임편집 배정옥
편집 유태선
디자인 김미령·박희경
마케팅 임자연
인쇄·제본 태광인쇄
펴낸곳 도서출판 어문학사
　　　　서울특별시 도봉구 쌍문동 523-21 나너울 카운티 1층
　　　　대표전화: 02-998-0094/편집부1: 02-998-2267, 편집부2: 02-998-2269
　　　　홈페이지: www.amhbook.com
　　　　트위터: @with_amhbook
　　　　페이스북 페이지: http://www.facebook.com/amhbook
　　　　네이버 블로그: http://blog.naver.com/amhbook
　　　　다음 블로그: http://blog.daum.net/amhbook
　　　　e-mail: am@amhbook.com
　　　　등록: 2004년 4월 6일 제7-276호

ISBN 978-89-6184-377-5 03820
정가 12,000원

이 도서의 국립중앙도서관 출판예정도서목록(CIP)은 e—CIP홈페이지(http://www.nl.go.kr/ecip)와
국가자료공동목록시스템(http://www.nl.go.kr/kolisnet)에서 이용하실 수 있습니다.
(CIP제어번호: CIP2015016088)